पंछी ऐसे आते हैं
(नाटक)

पंछी ऐसे आते हैं

विजय तेंडुलकर

अनुवाद
सरोजिनी वर्मा

लोकभारती प्रकाशन

लोकभारती प्रकाशन
पहली मंजिल, दरबारी बिल्डिंग, महात्मा गाँधी मार्ग
प्रयागराज-211 001

वेबसाइट : www.lokbhartiprakashan.com
ईमेल : info@lokbhartiprakashan.com

शाखाएँ : 1-बी, नेताजी सुभाष मार्ग, दरियागंज
नयी दिल्ली-110 002
अशोक राजपथ, साइंस कॉलेज के सामने
पटना-800 006 (बिहार)
36-ए, शेक्सपियर सरणी
कोलकाता-700 017 (प. बंगाल)

मूल्य : ₹ 250

संस्करण : 2020

आस्था पेपर कन्वर्टर
प्रयागराज द्वारा मुद्रित

PANCHHI AISE AATE HAIN
Translated by Sarojini Varma
ISBN : 978-81-8031-562-6

परिचिति की पीठिका

भारतीय नाट्य-जगत् में 'पंछी ऐसे आते हैं' को अब परिचय की आवश्यकता नहीं है। बम्बई, दिल्ली, कलकत्ता, इलाहाबाद, लखनऊ के अतिरिक्त देश के अन्यान्य भागों में यह नाटक अनेक बार खेला जा चुका है। नाट्य-प्रेमियों में इस नाटक की लोकप्रियता के कारण ही इसे पुस्तक के रूप में प्रकाशित करने की अनिवार्यता आ गयी है।

एक संकल्पित व्यावसायिक नाट्य संस्था के प्रथम नाटक के रूप में इस नाटक के मूल मराठी 'अशी पाखर येती' की सरंचना हुई थी। कालान्तर में वह नाट्य संस्था तो अमूर्त ही रह गयी लेकिन यह नाटक पूरे देश पर क्रमशः छा गया। वस्तुतः अमरीकन नाटक 'रेनमेकर' का रूपान्तर करने के विचार से इस नाटक की शुरुआत हुई थी किन्तु भारतीय मानस के अनुरूप करते-करते नाटककार विजय तेंडुलकर ने इसे सर्वथा नयी कथावस्तु के रूप में प्रस्तुत कर दिया।

इस नाटक ने हर स्तर के दर्शकों को बरबस आकर्षित और अभिभूत किया है। अपने भीतर प्रवाहित करुणा की धारा को सम्पुञ्जित किये हुए पूरे तीन घण्टे दर्शकों को यह नाटक हँसाता चलता है। यह इस नाटककार की अपनी विशेषता है।

अनुवाद के बारे में मैं क्या कहूँ—आप ही कहियेगा।

—सरोजिनी वर्मा

पंछी ऐसे आते हैं

पात्र-परिचय

●

- अरुण
- बण्डा
- अन्ना
- माँ
- सरु
- विश्वास राव
- छोटा लड़का

[दर्शनीय परदा उठता है। रंगमंच में इकरँगा परदा। हल्का नीला हो तो ज्यादा अच्छा। अरुण सरनाइक–फिल्म अभिनेता नहीं। चालीस के आसपास का एक खूबसूरत अधेड़ पुरुष प्रसन्न मुद्रा में खड़ा हुआ रंगमंच पर दृष्टिगोचर होता है। रंग-बिरंगी बुशर्ट और गहरे रंग की पैण्ट का परिधान। बगल में दबा हुआ एक एयर बैग जो सामान से ठसाठस भरा हुआ है]

अरुण : *(प्रसन्न होकर दर्शकों से)* नमस्कार। बड़े अरसे बाद भेंट हुई। क्या हाल–चाल हैं भाभीजी के? बाल–बच्चे सब ठीक? मुन्ना तो अब बड़ा हो गया होगा न? बड़ा प्यारा बच्चा है!! वह इन्क्रीमेण्ट आपको फिर मिला कि नहीं भाई? और मकान की समस्या? फिलहाल हल होनेवाली है क्यों? मगर असुविधा तो होगी ही। चलिए अच्छा है। नहीं नहीं...... असुविधा अच्छी नहीं है। वह जो मकान की समस्या हल होनेवाली है, उसके लिए कह रहा था मैं। अब शरीर के साथ–साथ बीमारी और मकान के साथ असुविधा तो होती ही है। यह मकान की समस्या भी कैसी भीषण हो गयी है। और फिर उसी में फ्लू–फ्लू से कब उठे? अभी भी आप जरा कमजोर ही नजर आ रहे हैं। शक्ति आती ही नहीं है न? क्यों? कह रहे होंगे कि राशन के अनाज में दम ही क्या है। ठीक ही कह रहे हैं। गाय–बैल का चारा भी शायद इससे ज्यादा विशुद्ध होता होगा अगर देखा जाय तो। *(ठण्डी साँस भरकर)* इस देश का क्या होनेवाला है कुछ समझ में नहीं आता। *(उत्साह में भरकर)* याद है

आपको? याद है? जब पिछली बार हम लोगों की भेंट हुई थी तो ठीक यही बात उस समय भी मैंने कही थी...कि इस देश का क्या होनेवाला है कुछ समझ में नहीं आता। और आज देखिए फिर वही बात कही मैंने। कोई अन्तर नहीं। देखिए न मेरा अन्दाज कितना अचूक होता है। यही तो मुश्किल है। बुरे अन्दाज ही हमेशा ठीक उतरते हैं। *(दर्शकों पर एक सरसरी नजर डालता हुआ)* आप लोग कुछ दुविधा में दिखायी दे रहे हैं। मुझे ठीक से पहचान नहीं सके शायद? करेक्ट? क्यों भाभी जी? नहीं याद आया? अब मर्दों की तो देखिए जाति ही भुलक्कड़ होती है। अभी-अभी जो हरकत करेंगे अगले क्षण सफाचट.... मगर आप तो कम-से-कम.... मैं बताऊँ? जिस दिन आपका यह...*(हाथ से दुधमुँहें बच्चे की नकल करता हुआ)* बात अभी की नहीं है...उस दिन की....हूँ....भरे सिनेमा में चीख-चीखकर रोने लगा। किसी सूरत से चुप ही न हो। अँधेरे में हर तरफ से तरह-तरह की आवाजें श्श...ओह बाबा....चुप कराइये.....बाहर ले जाइये...दूध पिलाइये उसे....इतना छोटा बच्चा लेकर आखिर आया कौन है...?....हॉरिबल बाबा....जल्दी चुप कराइये....आप खीझ उठीं। नन्हें-मुन्ने पर दाँत पीसने लगीं। उसकी सुकुमार-सुकुमार पीठ पर चुपचाप दो...हूँ...मुक्के भी लगा दिये। आखिर इतनी बढ़िया पिक्चर में यह शैतान का दूत रोया ही क्यों? ठीक ही तो है! बच्चा है या महमूद? मगर वह तो अब पंचम सुर में चीखने ही लगा था। बड़ा हो-हल्ला मच गया। और ठीक उसी समय पीछेवाली सीट से किसी ने उसको *(नन्हें बच्चे को पुचकारकर चुप कराने का अभिनय)* चुप करा दिया। तो किसने बहलाया उसे?...नहीं नहीं! आपने तो आखिर तक पीछे पलटकर देखा ही नहीं। पीछे मैं ही बैठा हुआ था। दूसरों के नन्हे-

मुन्ने अपने को तो बहुत अच्छे लगते हैं भई। क्योंकि अपना कोई बच्चा जो नहीं है। तो पूछिए क्यों? तो उसका कारण यह है कि अपने राम ने अभी शादी ही नहीं की। तो क्यों नहीं की? यह कृपा करके न पूछियेगा। बात यह है कि विवाह-परम्परा पर अपनी कोई आस्था ही नहीं है। विवाह इज इक्वल टु फँसाव। और कोई फँसाव आया नहीं कि जिम्मेदारी आयी ही समझिए। वह...हाँ भाभी! अब जरा कान बन्द।.....सिल-बट्टा, गैस का सिलिण्डर, अँगीठी, राशन के एक साइज के डिब्बे और अचारदानियाँ—बस समझिए हो गया चक्कर शुरू। यह चक्कर रोके नहीं रुकता-डबल बेड, ड्रेसिंग टेबल, फैन, फ्रिज और उसके बाद—कप-तश्तरी के सेट, झाड़ू, हँसिया, कद्दूकस, अछवानी, पालना, बिब, बिछौनिया, लँगोटी, बाबसूट, बाबागाड़ी और साथ-ही-साथ बीमारी, सरकारी दूध के लिए दौड़-धूप, बच्चों की पढ़ाई, रेडियो लाइसेन्स, बीमा का प्रीमियम...अनन्त खर्च और पेरशानी और उसमें सैण्डविच बना हुआ बेचारा गरीब, शादी का मारा। सिर्फ एक जरा-सी भूल के कारण स्थायी रूप से दुःखी और दरिद्र बना हुआ! अरे राम-राम-राम! ना बाबा। इससे तो दूसरों के बच्चे खिलाना भला ! *(प्रेक्षागृह के अन्य नन्हें-मुन्नों से तुतलाकर बोलता हुआ)* मामा हूँ मैं तुम छबका। हूँ न *(बगल से एयर बैग निकालकर खोलता है और भीतर से एक खिलौना निकालकर दिखाता है)* लोदे? तो फिल लाजे बेते की तलह बैथना। गलबल छलबल शुश्शू उश्शू नयी कलना। तभी मिलेदा ये। *(बड़ों से)* बचपन में यह छोटी-छोटी चीजें बड़ी महत्त्वपूर्ण लगती हैं। और बड़े होने पर किसी वस्तु से सन्तुष्टि नहीं होती है। *(खिलौना एयर बैग में वापस रखकर दर्शकों की ओर देखता हुआ)* अभी भी लगता है कि आप यह अन्दाज ही लगा रहे है कि हमारी मुलाकात कब की है। एक, दो, तीन कहने के

साथ ही बूझ लीजिए। *(बैग में से चॉकलेट निकालकर दिखाता हुआ)* जो बूझेगा उसे एक चॉकलेट ईनाम! हूँ?....एक ..दो *(तीन कहने से पहले थोड़ा रुककर)* अरे भाई! नहीं बूझ सकते। बात यह है कि हमारी मुलाकात हुई ही नहीं। यानी कि हो सकता है कि आमने-सामने हम कभी पड़ गये हों...सड़क पर, बस में, सफर में...सफर बहुत करता हूँ मैं। बस घूमते रहना। बगैर किसी लगाव के बस घूमते रहना। पीछे छूट गये पथ से अपने को तोड़ते जाना, आगे चलना और आगे देखना। जहाँ पहुँच गये वहाँ सब-कुछ अपना। जहाँ से चल पड़े वहाँ का सब कुछ दूसरे ही क्षण में औरों का। जीने का आसान-सा नियम। न कोई मोह न उससे महसूस होनेवाली कोई तकलीफ। प्रतीक्षा करने की ज़रूरत नहीं, प्रतीक्षा करवाने की भी जरूरत नहीं *(प्रेक्षागृह की किसी लड़की की तरफ चॉकलेट फेंककर)* एक तारीख नहीं, इकतीस तारीख नहीं। खत आने की सम्भावना नहीं, खत भेजने की जिम्मेदारी नहीं! साड़ियों की दूकान पर की जानेवाली माथापच्ची नहीं। किसी और के मनपसन्द कपड़े की बुशर्ट और घर के बुने बेडौल स्वेटर पहनने की ज्यादती नहीं। विवाह की वर्षगाँठ नहीं, पत्नी की सालगिरह नहीं, साली के लिए लड़का ढूँढ़ने की फजीहत नहीं...साले के लिए नौकरी जुटाने का दायित्व नहीं। सास के हाथ का जबरन ठूँस-ठूँसकर खिलाया जानेवाला आग्रह नहीं। गर्ज यह कि कुछ भी नहीं। अपने राम एकदम आजाद हैं। और रहेंगे *(दर्शकों से)* ईर्ष्या हो रही है मिस्टर? मोह टाल जाने का यह नतीजा है। सारे मोह-बन्धन झाड़-झूड़कर मैं अलग हो गया। एकदम अलग। मगर वह आसान नहीं था। मोह से उबर जरूर गया मगर स्मृतियाँ अभी भी ताजी हैं। उन भीषण दुर्घटनाओं की तरह जो भीषण होते-होते यूँ ही टल गयी *(एकाग्र होकर कुछ सुनने का अभिनय)* कुछ

सुनायी दिया?....यह समुद्र! समुद्र कहने के साथ ही समुद्र के तट पर बसा हुआ अलीबाग स्मरण हो आता है...बम्बई से तीन-साढ़े-तीन घण्टे की दूरी पर स्थित यह अलीबाग याद आते ही मन बरबस बारह बरस पीछे पहुँच जाता है।

[सागर की उमड़ती लहरों का गर्जन निकटतर आता हुआ। कौवों की काँव-काँव। चलती बैलगाड़ी की खड़खड़ाहट। बाजार से घर लौटती हुई गाँव की स्त्रियों के गीतों के समवेत स्वर। यह समस्त स्वर क्रमशः मिटते जाते हैं। इसी बीच रंगमंच का पिछला नीला परदा उठ जाता है और एक अलीबागी घर के बहिर्भाग का कट आउट दिखायी देता है।

इसी मध्यावधि में अरुण बारह वर्ष पहले का तरुण हो गया है। बुशर्ट, शर्ट की तरह पैण्ट में खुँसी हुई है। भीतर से एक कोट आकर उसके हाथ पर पड़ता है जिसे वह रोब के साथ कन्धे पर डाल लेता है। पीछे-पीछे हैट भी आती है जिसे वह सिर पर रख लेता है। मुँह से सीटी बजाने लगता है।]

अरुण : एक सुहानी दोपहरी, डोलते नारियल के कुंज, सागर का दूर तक फैला हुआ रेतीला किनारा। उन रेतीली राहों को कुचलता हुआ, दूधिया नारियल खाता हुआ, गाँवों के बीच दिशाहीन भटकता हुआ मैं। सहसा एक खिड़की में

एक चेहरा झलक दिखाकर अदृश्य हो जाता है। अलीबागी बाना–सिलबिल्लेपन से पहनी हुई हरे रंग की सारी, लाल रंग का बाँहदार ब्लाउज, कसकर गुँथी हुई एक चोटी, चिपके बाल, लाल रंग के लटकते इयररिंग, चेहरा खट्टा–मिट्ठा। लगा अ र र र र र......सलीके से रही तो यही लड़की...गजब ढायेगी? इस तरह की बात बार–बार मन में उठी और मिटी। मगर इस बार अनायास जब दरवाजे पर लगी नेम प्लेट पर नजर पड़ी तो ठिठक गया। *(नेम प्लेट पर पढ़ते हुए)* डी० डब्ल्यू० पराडकर... डी....डब्ल्यू...आई थिंक आई नो दिस नेम। कभी सुना हुआ–सा लगता है....*(चुटकी बजाकर)* देयर आई नो *(दरवाजा खटखटाता है। एक क्षण ठिठकता है, फिर जोर से खटखटाता है। दरवाजा खुलता है। आधी बाँह की कमीज और खादी का हाफ पैण्ट, पहने हुए बीस बरस के आसपास का एक युवक दरवाजे पर खड़ा है। सिर पर संघीय टोपी। तलवार कट मूँछें।)*

लड़का : कौन? किससे मिलना है?

अरुण : पराड़कर हैं क्या?

लड़का : *(अरुण को आपाद–मस्तक देखता हुआ)* कौन पराड़कर?

अरुण : डी० डब्ल्यू०।

लड़का : *(मुड़कर भीतर के दरवाजे की तरफ देखता हुआ)* अन्ना तुमसे मिलाने कोई आये हैं! *(डकार के साथ भीतर से अन्ना की आवाज)*...बैठने के लिए बोल।

लड़का : बैठिए *(तेजी से बाहर की तरफ जाता हुआ)* ए माँ। मैं शिवा महल की तरफ जा रहा हूँ...*(परेड जैसी चाल से बाहर चला जाता है। घर के बहिर्भाग का कट आउट उठा लिया जाता है या विंग की तरफ खिसका लिया*

जाता है। घर का अन्तर्भाग अब दिखायी दे रहा है। बाहर का कमरा।)

[अन्दर से किसी प्रौढ़ महिला का कण्ठ-स्वर आता है।]

दरवाजा बन्द करके जाना बण्डा...

अरुण : *(दर्शकों से)* और बण्डा ने दरवाजा बन्दकर दिया... धड़ाक। वह उन योद्धाओं में से था न? सब-कुछ एकदम वीर रस से भरा हुआ। युयुत्सु ! हुँ।

[एक कुर्सी पर बैठने लगता है। अन्दर के कमरे से निकलकर अन्ना आते हैं।]

अन्ना : *[पहचानने की कोशिश में नवागन्तुक को एकटक देखते हुए अधूरे ढंग से हाथ जोड़कर]* –जय-जय।

अरुण : जय-जय।

अन्ना : बैठिए।

अरुण : *(बैठते हुए)* हाँ-हाँ, बैठता हूँ न।

[दोनों ही कुछ संकोच में। अन्ना पराड़कर अभी भी उसे पहचानने की कोशिश में। भीतर के दरवाजे से झाँकता हुआ माँ का सिर दिखायी देता है।]

अरुण : इस तरफ से जा रहा था–

अन्ना : अच्छा। अच्छा।

अरुण : नेम प्लेट देखी।

अन्ना : हूँ...उम्म....।

अरुण : सोचा, आप ही तो...।

अन्ना : हाँऽऽ और क्या मैं ही...

[वातावरण में फिर सन्नाटा।]

अरुण : *(दर्शकों से)* पूरा-का-पूरा परिवार ही चुप्पा नजर आता है। मगर कोई लाख चुप्पा हो उसे बोलने पर मजबूर कर देना मेरा काम है *(अन्ना से)* यों ही दरवाजा खटखटा दिया। सोचा यह इस तरह टालकर आगे बढ़ जाना बिल्कुल ही गैर....

अन्ना : हाँ....आँऽ ऐसा भी क्या है...हूँ...क्या....यानी कि कोई खास बात...?

अरुण : सभी खास बातें।

अन्ना : हूँ?

अरुण : देखिये न अन्ना। कितने बरस बीत गये इस बीच...

अन्ना : *(अभी भी पहचानने की कोशिश में-उसकी तरफ देखते हुए)* और क्या...और क्या।

अरुण : सचमुच बहुत बरस बीत गये न अन्ना?....मैं.... इतना जरा सा था...चड्ढी पहने घूमा करता था...याद आया?

अन्ना : *(याद कुछ नहीं आता पर फौरन ही)* हाँ...हाँ....आँ, हल्का-हल्का...

अरुण : आप तब कितने रोबीले दिखायी देते थे। और क्रोधी भी! मगर अन्ना। माँ कहाँ है?

माँ : *(दरवाजे के पीछे से ही)* यहीं तो हूँ रे! सुन रही हूँ सब।

अरुण : याद है न माँ? अन्ना के क्रोधवाली बात?

माँ : अभी भी स्वभाव वैसा ही है रे।

अरुण : *(दर्शकों से)* लीजिए सुनिए..... *(माँ से)* नहीं नहीं माँ ऐसी बात तो नहीं है। उस हिसाब से अन्ना अब बहुत शान्त हो गये हैं और मिलनसार भी। पहलेवाली बात अब कोई नहीं रही। चार आने भी नहीं। लीजिए न अन्ना *(बैग में से पनडब्बा निकालकर)* तम्बाकू-पान......

अन्ना : *(पनडब्बा हाथ में लेकर)* अरे नहीं .....है तो घर में......खैर, अब तुम कह रहे हो तो लिये लेता हूँ......*(तम्बाकू की फंकी लगाकर)* लगता है तुम खाते हो.....आँ? पान-तम्बाकू?

अरुण : अरे नहीं अन्ना। मैं तो सिर्फ यह पनडब्बा अपने साथ रखता हूँ। अब आप पूछिए क्यों? तो इसलिए कि इसकी वजह से सफर में जगह अच्छी मिल जाती है *(दर्शकों से)* और किसी के घर के भीतर आसानी से पैठ भी......

अन्ना : (सहज होकर) अरे......उम्म.....जरा चाय बनाना।

[माँ का सिर अदृश्य]

अरुण : *(दर्शकों से)* चलिए पहला किला तो हाथ आया।

अन्ना : *(तम्बाकू चुगलाते हुए विचार विमग्न)* क्यों रे! तू बचपन में जंजीरा में रहता था क्या? वही जो मुल्तानी था उसके घर में।

अरुण : अरे नहीं नहीं-कैसी बात करते हैं आप अन्ना। .....भला मुल्तानी के घर में मैं क्यों रहूँगा?

अन्ना : उम्म....तो फिर! अच्छा! याद आया। राशनकर की चाल में हमारी ही लाइन में आखीरवाला कमरा तुम लोगों का था। ठीक है न?

अरुण : *(दर्शकों की ओर आँखें मारकर)* हाँ, हाँ, एकदम करेक्ट।

अन्ना : दो ताली!

अरुण : *(दर्शकों से)* दीजिए, आप लोग भी ताली दीजिए।

[एक हाथ से अन्ना के हाथ पर ताली देता है।]

अन्ना : वैसे याद मेरी बहुत पक्की है। अभी भी याद है मुझे। भिड़े कोर्ट में क्लर्क था। बत्तीस साल पहले की बात है क्यों?

अरुण : मानता हूँ आपको। खूब याद है। *(दर्शकों से)* जनाब! मैं जंजीरा कभी अपनी जिन्दगी में गया ही नहीं। कोर्ट में कौन भिड़े साहब थे यह अन्ना ही जानें। और बचपन में चड्ढी मैंने कभी नहीं पहनी। मगर कुछ भी हो बात तो बन ही गयी। घर में घुसने को मिल ही गया था अब चाय भी देखिए आ ही गयी।

[माँ सिर ढके हुए दो कप चाय लेकर आती है।]

अन्ना : अरे जानती हो यह अपने भिड़े का बालू है।

अरुण : *(बेचैन होकर)* ओ हो हो नहीं अन्ना, एकदम भूल रहे हैं आप। मैं भिड़े का बालू नहीं, सरनाइक का अरुण हूँ। भिड़े के बालू के यहाँ आया करता था। हाँ, और मैं शरारत करने लगता तो आप मेरे ऊपर खूब बिगड़ते थे। घबराकर मैं और बालू दूर जाकर छुप जाया करते थे... और तब ये माँ-माँ ने एक बार मुझे लौकी की बरफी भी खाने को दी थी। याद है माँ! तब की बात? जब बालू के साथ मैं तुम्हारे कचरी पापड़ को बन्दरों से बचाया करता था?

माँ : क्या पता भैया, आजकल तो मेरी याददाश्त बड़ी कच्ची हो गयी है। फिर बरस भी तो कितने बीत गये।

अरुण : हाँ और क्या। बहुत बरस हो गये मगर मुझे सब-कुछ याद है। एकदम सब कुछ *(दर्शकों से)* जरा अब गौर से *(अन्ना और माँ से)* वह आपकी नन्हीं चिमी......

अन्ना : *(दुविधा में)* कौन चिमी?.....

माँ : चिमी?

अरुण : मतलब कि मैं उसे चिमू ताई कहा करता था। हाँ, और क्या अब तो बन गयी होगी पूरी दादी अम्माँ। *(दर्शकों से)* देखिए पहुँच गया असली बात पर। वही,

सिलबिल्लेपन से पहनी हुई हरी साड़ी, लाल रंग का बाँहदार ब्लाउज, कसकर बँधी हुई एक चोटी–और लम्बे इयररिंग। क्यों?

माँ : अरे ऐसा भी क्या भूलते हो जी? अपनी सरु के लिए ही तो कह रहा है यह।

अरुण : हाँ हाँ वही तो! वही वही सरु? अब कहाँ है वह? *(दर्शकों से)* भीतर कहीं–न–कहीं होगी ही।

माँ : यहीं तो है रे और कहाँ रहेगी? अभी पिछले बरस तो एफे पास किया है।

अरुण : अच्छा? तब तो शादी–वादी भी हो गयी होगी उसकी। *(यहाँ माँ और अन्ना एक–दूसरे की ओर अर्थपूर्ण निगाहों से देखते हैं।)*

माँ : अभी कहाँ भैया? लड़का ढूँढ़ रहे हैं।

अरुण : अच्छा, अच्छा। यानी अब आप का बोझ उतरनेवाला है।

अन्ना : ऊँह.....होगा.....उम्म.....*(थूकने के लिए उठकर जाते हैं और लौटते हैं)*

माँ : देखो, अब तुम कुछ कहो–सुनो नहीं!.......यह सब भगवान् की मर्जी से होता है।

अरुण : क्या मतलब ?

माँ : अरे क्या बताऊँ। इतने लड़के देखे–सुने पर एक भी हो जो इसे पसन्द करे। लड़की के करम ही खोटे हैं। बाकी देखने–सुनने में जो कहो तो वैसी बुरी नहीं है रे।

अरुण : वह तो है ही *(जीभ काटकर)* यानी कि बुरी कैसे हो सकती है? अन्ना की ही लड़की तो है।

[अन्ना अभी भी जरा संशय से ही यह सब देख रहे हैं।]

माँ : आज शाम को कुछ लोग देखने आनेवाले हैं।

[अन्ना जोर से खँखारते हैं—माँ चुप हो जाती है।]

अरुण : हो जायेगी, हो जायेगी शादी अब उसकी। इस बार जरूर पक्की हो जायेगी।

माँ : तुम्हारे मुँह में घी-शक्कर भैया। उन्हें लड़की पसन्द आ जाये तो हमारा भी बोझा उतरे। खाना खा लिया है तूने? न खाया हो तो परोसूँ। सब-कुछ है, बस जरा-सा चावल डाले देती हूँ। *(अन्ना को आश्चर्य)* अब इस पराये गाँव में दोपहरभर कहाँ भटकता फिरेगा?

अरुण : *(विवश-सा होकर)* अच्छा तो खा लूँगा—*(दर्शकों से)* अब बनी बात। चाय पेट में और खाने का हिसाब पक्का। रहने का ठिकाना तो समझिए हो ही गया *(माँ का प्रस्थान)* कहाँ के ये महाशय डी० डब्ल्यू० पराड़कर। कुछ पिछले जन्म का कर्ज होगा इन पर मेरा सो भटककर यहाँ आ पड़ा। चलिए, क्या बुरा है?

[अन्ना उठकर अन्दर जाने लगते हैं।]

अरुण : अन्ना। अब बस एक नहाना ही...बात यह है कि अन्ना कि सुबह बहुत जल्दी में निकल पड़ा और आदत कुछ ऐसी है कि नहाया नहीं तो जाने कैसा-कैसा लगता रहता है। वैसे टॉवेल-ऑवेल है मेरे पास। साबुन भी है.....तेल भी है।

अन्ना : *(भीतर जाते-जाते जरा खीझे हुए स्वर में)* अरे ओ। तुम्हारे मेहमान साहब नहाने को कह रहे हैं।

अरुण : सही बात थी। घर में घुस तो आया मगर अभी भी घर का हो नहीं सका था। मेहमान ही था।

[बैग में से तौलिया और साबुन निकालता है। तेल की शीशी निकालता है। तौलिया में सारी चीजें लपेटकर नहाने के लिए तैयार होता है।

रसोईघर के पीछे से बाथरूम का रास्ता है। अभी तक दिखायी देता हुआ ड्राइंगरूम का कट आउट आधा सरककर भीतर चला जाता है। रसोईघर दिखायी देने लगता है।]

अरुण : रोज नहाने की वैसे मेरी कोई आदत नहीं है। न हो पाया तो कोई बात नहीं और हो गया तो फिर क्या कहने.... मेरा मतलब नहाने से है। मगर इस समय मेरा ध्यान रसोईघर में था। वही, जो जरा देर पहले झलक दिखाकर उड़नछू हो गयी। वही, सलोनी गुजरिया। अल्हड़ चाँदनी। हाँ....हाँ.....वही। सिलबिल्लेपन से पहनी हुई हरी साड़ी, बाँहदार ब्लाउज, कसकर बँधी चुटिया.....और.....

[माँ आती है]

माँ : पानी गरम ही लेगा न? चढ़ा दिया है।

अरुण : सचमुच माँ? वाह! तब तो फिर गर्म पानी से ही हर गंगे सही। वैसे ठण्डा पानी भी चल जाता। *(दर्शकों से)* वह कहीं भी दिखायी नहीं दे रही थी। तब तो बेकार ही....चलिए राम मालिक।

माँ : बैठ जरा देर उस पीढ़े पर.... हाँ अभी पानी हुआ जाता है....सरु। जरा लकड़ी ठीक से सुलगा दे बिटिया.....

अरुण : *(इधर उधर आहट लेकर)* वह चाँदनी तो कहीं से निकलती नजर नहीं आ रही है। अन्दर ही अन्दर कहीं बाथरूम-वाथरूम के पास....खुसुर....फुसुर.... चूड़ियों की हल्की-हल्की खनक.....और लकड़ी सरकाने की खिसखिसाहट.... *(रसोईघर में खड़ी माँ से)* माँ, वह जो तुम्हारे यहाँ उन दिनों एक बड़ी-बड़ी मूँछवाले महाशय जब-तब आया करते थे वह अब कहाँ हैं?

माँ : किसकी बात कर रहा है तू?

अरुण : अरे वही जो नाक से बोलते थे...मोटे-मोटे मुच्छैल, कभी-कभी बीड़ी भी पीते थे...

माँ : मुच्छैल? अरे हाँ, वह अण्णाजी?

अरुण : हाँ हाँ वही।

माँ : वह मर गये बेटा।

अरुण : मर गये। सचमुच मर गये? अरे अरे।

माँ : हाँ मर गये। बड़ा बुरा हुआ। मगर भैया नीयत उनकी अच्छी नहीं थी यह जरूर मैं कहूँगी।

अरुण : अच्छा? यह मुझे मालूम नहीं था *(दर्शकों से)* मालूम हो ही कैसे सकता है।

माँ : उन्होंने उधार कहकर अच्छे खासे पचास रुपये इनसे माँग लिए और वापस आखीर तक नहीं किये। ऐसी नीयत। जुआ-उआ की कुछ उनको लत थी बाबा। बड़ी खराब।

अरुण : आखीर तक वापस नहीं किया? कमाल है। अरे आखीर में तो कम-से-कम वापस कर देते।

माँ : जाने दे रे। इनके मिलने-जुलनेवाले आज तक इतना हजम कर चुके हैं कि तुझे बताऊँ तो ताज्जुब करेगा। ये तो भोले बाबा ठहरे शंकर के अवतार।

अरुण : यह तो है। अन्ना स्वभाव से बहुत सीधे हैं।

माँ : मगर घर में नहीं। बस, बाहर-ही-बाहर।

अरुण : देखिए जनाब। अन्ना से अण्णाजी तक सभी बातों की तह में गोता मार चुका। इतनी देर से नजर लगाये बैठा हूँ मगर वह अल्हड़ चाँदनी निकलती ही नहीं। अभी भी बादल की छाया है। हारकर उठा गरम-गरम पानी निकालकर स्नान किया, माँ अपने हाथों पानी निकालकर देने लगी। मगर मैंने ही कहा, 'नहीं माँ, यह क्या बात

हुई? मैं क्या कोई पराया हूँ। मैं खुद निकाल लूँगा।' चलिए साहब! नहाना भी हो गया। कपड़े भी बदल लिए।

[बैग के भीतर से पायजामा और मलमल का कुर्ता निकालकर पहनता है। तेल लगाकर माँग निकालने लगता है। इसी बीच ड्राइंगरूम का कट आउट आ जाता है। अन्ना आकर कुर्सी पर बैठे हुए अखबार पढ़ने लगते हैं।]

अरुण : मन कैसा ताजा-ताजा हो गया। अन्ना! क्या अब भी आपकी पूजा-ऊजा पहले-जैसे ही चलती है।

अन्ना : *(खराब मूड में)* और कैसे चलेगी? बीच में क्या मेरे बारे में मुसलमान-उसलमान हो जाने की खबर सुन ली?

अरुण : अरे नहीं अन्ना, यों ही पूछा। आप तो हमेशा से ही धार्मिक हैं।

अन्ना : हुँ! धार्मिक है। चड्डी बाँधने की तो तमीज थी नहीं। बकवास करता है। *(नजर फिर अखबार में)*

अरुण : *(दर्शकों से)* आबोहवा अचानक गर्म हो उठी। अभी तो सब ठीक-ठाक था...*(दूसरी कुर्सी पर बैठता है। अन्ना बोलने के मूड में नहीं दिखायी देते)*

(विचार करता हुआ) ह्वाट मस्ट हैव हैपण्ड इन द मीन टाइम? आखिर बात क्या हुई इस बीच? वैसे तो जब से मैं आया हूँ मुझे कुछ अजीब-सी चुप्पी और सन्नाटे का आलम बराबर दिखायी दे रहा है। एक तरह का रहस्यमय वातावरण, ऊमस भरा.. मनहूस।

अन्ना : ऐ उठो। उठो-उठो। खड़े हो। *(वह घबराकर खड़ा हो जाता है। अन्ना उसकी कुर्सी पर पड़ा हुआ अखबार का*

पन्ना उठाकर फिर पढ़ने में तल्लीन हो जाते हैं। वह हकबकाया-सा बैठा-बैठा सिर खुजलाने लगता है।)

माँ : *(अन्दर से झाँककर)* वह लोग कितने बजे आने को कह गये हैं?

अन्ना : *(चिढ़कर)* कौन लोग?

[अखबार की आड़ से भीतर के दरवाजे की तरफ देखते हुए एकदम क्रोधित होकर।]

यह कौन-सा पूछने का तरीका है? जरा भी तमीज नहीं किसी को। चलो, अन्दर चलो, बताता हूँ सब......

[अन्दर जाते हुए अरुण को नफरत से देखते हैं।]

अरुण : हत्तेरी की। ये तो एकदम ही तूफानी मौसम! अन्ना का तो पारा ही चढ़ गया। कुछ अन्दरूनी मामला लगता है। मगर क्या? फिर याद आया कुछ लोग देखने आनेवाले थे उनके बारे में ही माँ कह रही होगी। मगर तापमान में यह अचानक परिवर्तन क्यों?

[अचानक सकुची-सिमटी-सी सरु तेजी से उसके निकट से गुजर जाती है।]

अ र र र र र........यह.....यह कौन? यह तो वही...... हरी साड़ी। बाँहदार ब्लाउज, कसकर बाँधे बाल.... वही थी यह तो। मगर जब तक ठीक से देख पाता वह उधर दीवार के पीछे अदृश्य भी हो गयी। हवा का एक झोंका जैसे मेरे पास से निकल गया। हत्तेरी की! सारे किये-धरे पर पानी पड़ गया.... मेरी उत्सुकता अब चरम सीमा से भी आगे जा चुकी थी। अब जरा ध्यान से सोचिए, इधर क्रोध में भरे अन्ना भीतर पहुँचे उधर उनकी आयुष्मती सौभाग्याकांक्षिणी पुत्री सरुदेवी सर्र.....र्र.....से आकर

उस ओर अन्तर्धान हो गयी......मेरी उत्सुकता अब परिसीमा भी पारकर गयी थी। मामला पता लगाना चाहिए था। मगर अभाग्य से ठीक इसी समय इस वीर, रौद्र, शोक रसपूर्ण, उत्सुकता प्रधान नाटक का खल पुरुष वापस आ गया।

[अन्ना का तलवारकट मूँछोंवाला तरुण पुत्र बण्डा वापस आता है। परेड की-सी चाल। अरुण की तरफ 'हुँः कौन यह मच्छर' जैसे भाव से देखता हुआ बगल के कमरे में चला जाता है। दुबारा बगैर टोपी के वापस आता है। फिर रसोईघर में जाता है वहाँ से तौलिया से पैर पोंछता हुआ निकलता है। एक बार फिर 'मच्छर' वाले भाव से अरुण की तरफ देखता हुआ कुर्सी पर बैठ जाता है। चेहरे का भाव पूर्ववत् ।]

अरुण : वाच हिम। जो निगाहें फिल्मी हीरो के बाथरूम में से काला पैसा खोज निकालती हैं वह ऐसी ही होती होंगी, है न? और जो मशीनें अन्तरिक्ष के गोरखधन्धे की अचूक जानकारी देती हैं उन मशीनों की मूँछें? वह भी तो ऐसी ही होती होंगी। एक मुहावरा पढ़ा होगा-शोले-सी जलती आँखें-वह यहाँ साकार हैं।

[दर्शकों की तरफ देंखकर कन्धे उचकाता है। फिर बण्डा की तरफ मुड़ता है।]

अरुण : नमस्ते।

[वह चुप]

अभी-अभी दरवाजे पर हमारी मुलाकात हुई थी।

[वह चुप]

आप कहीं बाहर जा रहे थे। मैंने पूछा क्या मिस्टर पराड़कर हैं.....

[वह पूर्ववत्]

(दर्शकों से) कहिए। है जवाब? कोल्ड वार...। इसे यों ही बैठा रहने दूँ। मगर यह सब हो क्या गया? इसमें गोलमाल आखिर क्या है? सब-कुछ बड़ा ऊमसभरा, रहस्यभरा गुपचुप-सा! वातावरण ही बिगड़ गया.... जरा ठहरिए। भीतर से आती हुई कुछ बातचीत को मेरे तेज और उत्सुक कानों ने पकड़ा है और उसे मेरी बुद्धि ने उचित खाते में भेजकर एक गूढ़ सन्देश डीकोड किया है। फिर उससे एक सम्भाषण तैयार किया है। उस सम्भाषण से जो सिच्युएशन तैयार हो उठी है उसे मैं अब आपके सामने रखने जा रहा हूँ।

[कुर्सी से उठता है। जिस गड़ारीदार कुर्सी पर बण्डा है उस कुर्सी को बण्डा सहित ठेलकर वह भीतर ले जाकर छोड़ देता है और वापस लौट आता है। अपनी कुर्सी एक तरफ सरका देता है। ड्राइंगरूम का कट आउट आधा अन्दर चला जाता है। रसोईघर में बात करते हुए अन्ना और माँ तथा बगल के कमरे से छुपकर उनकी बात सुन रही उनकी बेटी दिखायी दे रही है। उनकी पीठ दर्शकों की तरफ है।]

अन्ना : बस, हो चुकी छानबीन। यह आखिरी घर देख लिया। अब किसी के दरवाजे नाक रगड़ने मैं नहीं जाने का। कहे देता हूँ।

माँ : मगर मैं कहती हूँ, इस तरह मिट्टी में सिर छुपा लेने से बोझा तो नहीं उतरेगा ना। लड़की तो हमारी ही है। बुरी है तो क्या? उसे कुत्ते-बिल्ली की तरह जंगल में तो नहीं छोड़ सकते ? उसका सब-कुछ कायदे ही से तो करोगे? मेरा तो दिल कहता है कि इस बार जरूर ही बात पक्की हो जायेगी।

अन्ना : तुम्हारा तो दिल ऐसे ही कहता है। अरे तकदीर ही खोटी है अभागिन की। कितने तो आ-आकर चले गये, एक भी तो इसे पसन्द नहीं करता। इसके साथ की लड़कियों के घर बरही-छठी भी हो गयी। भगवान् जाने इसकी कुण्डली में कौन-सी कसर रह गयी। मैं तो हार गया हूँ अब!

माँ : मगर हिम्मत हारने से कैसे काम चलेगा? रही खोट की बात तो खोट कहाँ नहीं है। गोंगटे की यमी तो एक आँख से कानी भी थी, आखिर उस की हो गयी कि नहीं?

अन्ना : कुण्डली दिखाओ तो ज्योतिषी छाती ठोककर कहते हैं शादी का योग है। अरे बाबा! तो कहाँ है वह योग?

माँ : धीरे।

अन्ना : धीरे न वीरे। एक तो आज वह लोग देखने आनेवाले हैं और दूसरे तुमने यह मेहमान घर खाना खिलाने की बिठा लिया। कोई तुक भी हो। एक तरफ विवाह की परेशानी, दूसरी तरफ तुम्हारा यह बकासुर मेहमान।

माँ : बकासुर क्यों कहते हो जी उसे? कितना शरीफ तो है लड़का......और फिर अपने पुराने पड़ोसी का.......

अन्ना : पड़ोसी । अरे मुझे तो एक भी बात याद नहीं आती कि यह कौन है और कब हमारे घर आया करता था।

माँ : तुम्हारा ऐसे ही हैं सब। मुझे तो खूब याद है। अपने बण्डा के समय यह पाँच कि छह बरस का रहा होगा-बड़ा

प्यारा लगता था जी......

अन्ना : क्यों नहीं, क्यों नहीं। तुमसे तो जो दो बोल मीठा–मीठा बोल दे, वही प्यारा हो गया।

माँ : तो तुमसे ही कौन–सा वह कड़वी बात बोला। तुम भी बिना मतलब–अच्छा बोलो, क्या कह रहे थे?

अन्ना : कहूँगा क्या? फिर से आज वही सारा नाटक दुहराओं और क्या। सजाओ बजाओ अच्छी तरह से चुड़ैल को। नाश्ता–वाश्ता जरा ठीक–ठाक–सा बनाकर रखो। वही तो बस अपने हाथ में है। जो अपने हाथ में है ही नहीं उसके लिए कुछ कहकर भी क्या करूँगा। पुकारो जरा उसे।

माँ : सरु......ओ सरुऽऽऽ

अरुण : सरुदेवी का रसोईघर में आगमन।

[सरु रसोईघर में आती है।]

अन्ना : सुन। आज जरा अच्छी तरह से सज–बज के बैठ। कुछ लोग देखने आनेवाले हैं। जरा नये ख्याल के हैं। नये फैशन के। इसलिए फैशनेबल तरीके से साड़ी पहन। साथ बिना बाँह का मैच करता हुआ कोई ब्लाउज। और चुटिया खोलकर कोई नये तरह का जूड़ा–ऊड़ा बना ले। ऐसी ठकुरानी बनके न बैठ समझी! और चेहरे पर जरा हँसी रहे। जरा मुस्कुराना–वुस्कुराना। सोंठ ऐसा मुँह बनाकर बैठने का काम नहीं। बेवकूफ की.....

माँ : सुन सरु । बिना बाँह का ब्लाउज चाहिए तो सामनेवाले नेने की बेबी से जाकर ले आ। हाँ? वह आयी है न कल बम्बई से ? उसके ब्लाउज का गला भी जरा चौड़ा होगा। मेरा मतलब कि नये फैशन का होगा?

[सरु कुछ बोलती नहीं।]

अन्ना : क्या कह रहा हूँ मैं? कुछ सुनायी नहीं दिया?

सरु : *(सिर झुकाए हुए दृढ़ निश्चय से)* मैं कुछ नहीं करूँगी।

अन्ना : *(क्रोध से)* क्या?

माँ : अरे जरा धीरे।

अन्ना : फिर से तो बोल.......

माँ : मगर जरा धीरे बोलिए कह रही हूँ न?

अन्ना : मैं कहता हूँ इस समय यह बाहरी आदमी घर में बिठाया ही क्यों है?

माँ : अरे, पर धीरे कहती हूँ न......धीरे......

अन्ना : कैसा धीरे? क्यों बोलूँ मैं धीरे?

माँ : ओफ बाबा, कहती हूँ जरा धीरे....सरु बिटिया, इस तरह जिद्द करना अच्छा नहीं।

सरु : मैं हरगिज नहीं सजूँगी। ऐसी ही बनी रहूँगी।

अन्ना : क्या कहा?

माँ : अरे बाबा धीरे.....सरु.ऽऽ

सरु : मुझे अब किसी के सामने अपनी नुमाइश नहीं करनी है। किसी के भी आगे जाकर अब मैं खड़ी नहीं होऊँगी । मुझे न शादी करनी है न किसी से 'ना' सुनना है। बहुत सुन चुकी।

अन्ना : सरु....सरु.....

माँ : ओफ जरा धीरे......

अन्ना : तुम चुप रहो जी। सरु, तुझे मेरी बात माननी ही होगी।

सरु : अन्ना मैंने बता दिया मैं अब कोई सजावट-फजावट नहीं करूँगी। न किसी को दिखाने के लिए हँसूँगी......मेरा जी ऊब गया है। चिढ़ हो गयी है अब मुझे इस सबसे.....जब देखो तब वही। क्या फायदा होता है इससे। यही न ! कि एक बार फिर किसी के मुँह से 'न'

सुनूँ। मैं बेवकूफ सही, कुरूप सही, सिलबिल्ली सही, जिद्दी सही, बहुत बुरी सही। मेरी शादी होनी ही नहीं है। मैं अब किसी को बात नहीं सुनूँगी। जिसे देखने का शौक लगे मुझे ऐसे ही देखे और करे नापसन्द......

माँ : सरु धीरे.......

अन्ना : सरु ......सरु......

माँ : अरे बाबा! भगवान् के लिए जरा धीरे....

अन्ना : सरु चुड़ैल......

[भीतर गया हुआ आधा कट आउट पुनः आकर इस दृश्य को ढँक लेता है।]

अरुण : तो यह बनी कुछ मिली-जुली-सी सिच्युएशन। मेरे कान में पड़े हुए कुछ शब्दों के सहारे बुनी हुई जरा ठहरिए अँ! भूल ही गया था।

[अन्दर जाकर गड़ारीदार कुर्सी को बण्डा सहित खींचता हुआ लाकर पुनः पूर्ववत् स्थापित कर देता है। अपनी कुर्सी उसके सामने खिसकाकर स्वयं बैठ जाता है।]

: हाँ। तो यह रही कुछ मिली-जुली-सी सिच्युएशन। कुमारी सरु देवी ने प्रदर्शन समारम्भ में शामिल होने से सम्पूर्ण असहयोग कर दिया जिसकी वजह से वातावरण में धुएँ जैसी कड़वाहट फैल गयी। मगर इतना जरूर रहा कि इस बन्दे की अनचाही उपस्थिति से विस्फोट बचा रहा। जो भी हुआ वह भीतर-ही-भीतर, गुप-चुप।

माँ : *(अन्दर से ही)* बण्डा जरा इधर आ तो-

अरुण : बण्डा का एक्जिट।

[बण्डा परेड की चाल से अन्दर जाता है।]

: कुछ पल मैं बौखलाया-सा सोचता रहा कि आखिर इस विलक्षण वातावरण में मैं किस जगह पर स्थित हूँ। यानी कि यह ऐसे नहीं। यह सब-कुछ मिला-जुलाकर देखिए और तब इस पर गौर कीजिए। कहाँ के यह मिस्टर डी० डब्ल्यू० पराड़कर, अलीबागवासी, उनकी सरल सुघर पत्नी। उनकी दादी अम्मा जैसी पुरखिन और जिद्दी लड़की और गुर्रर बम चिरंजीव, सैय्यद बण्डा। नहीं नहीं, श्री बण्डो अन्नाजी—और इस चौमेल कबीले के बीच मैं! सड़क पर भटकनेवाला एक खानाबदोश। मैं भी कहाँ से आ टपका इनके बीच। बेवजह बेमतलब। इस सारे नाटक में एक नवागन्तुक के नाते मेरी क्या भूमिका हो सकती है, यह बहुत मनन करने पर भी मैं समझ नहीं पा रहा था। जो चाहा कि इस सारे झमेले से कतराकर चुपचाप यहाँ से खिसक जाऊँ। किन्तु यह मेरे बस के बाहर की बात थी। मेरा स्वभाव ही नहीं है ऐसा। एकाएक बुद्धि में आया। माफ कीजिए। *बुद्धि में नहीं (कलेजे पर हाथ रखकर)* यहाँ कहीं महसूस हुआ। लगा कि इस लड़की का विवाह अब निश्चित हो जाना चाहिए। ...अनिश्चित भविष्य में नहीं। आनेवाले कुछ बरसों में भी नहीं! झटपट बस आज हो। अभी इसी दुपहरी में। यस *(चुटकी बजाकर उठ खड़ा होता है।)* इन्स्पिरेशन! दैट्स व्हाट इट वाज। सरु की शादी पक्की होनी ही है। पहली नजर में उसे देखकर जो वाक्य अनायास मुँह से निकल गया था वह याद आया, 'ठीक से रही तो यही लड़की गजब ढायेगी।' बस तो सिद्धान्त रहा ठीक से रहना! यह उसे मालूम होना चाहिए। ठीक से रहना नॉट दैट मैचिंग पैचिंग बिजनेस। नाट द हेयरडज ऐण्ड लिपस्टिक गेट स्लिम स्टे ट्रिम बिजनेस, नॉट ऑल द ब्यूटी एड्स ऐण्ड क्यूटेक्स इन द वर्ल्ड

कैन मेक ए वुमन रियली चार्मिंग, अट्रैक्टिव। अरे यह तो सब दिखावटी रूप है। आत्मिक सौन्दर्य होना चाहिए। द सोल। द सोल....इज व्हाट मैटर्स। आत्मा....

[अन्दर से बण्डा अपनी परेड-जैसी चाल से आता है और चप्पल पहनकर बाहर चला जाता है।]

: आत्मा...

[बण्डा वापस आता है हाथ में एक फैशनेबल सुन्दर साड़ी है। चप्पल उतारकर भीतर चला जाता है।]

: आत्मा...

[बण्डा फिर परेड-जैसी चाल में अन्दर से बाहर निकलकर आता है और चप्पल पहनकर बाहर चला जाता है।]

: नाटक का विलेन जो ठहरा। विलेन आत्मा की आवाज को कभी उभरने नहीं देता।

[बण्डा खुले गलेवाला मैचिंग ब्लाउज और ऊँची एड़ी के सैण्डल लेकर बाहर से आता है। चप्पल उतारकर अन्दर चला जाता है।]

: चुप। भीतर आत्मा की आवाज को दबाने की योजना पूरे जोर पर चल रही है। मगर सरनाइक का यह अरुण मुकाबले के लिए पूरी तरह तैयार है। हमारा युद्ध अहिंसावादी अनत्याचारी, अभिनव! हमारा नारा-सरु का विवाह!

[बैग में से बाजा निकालकर बजाने लगता है। बाजा बीच में रोककर दर्शकों की ओर आँखें मारता है।]

: यह सारी बातें यानी कि सिर्फ मन में उठ रही थीं मेरे। अस्तु । गेट मी...परिस्थिति वही। मिस्टर डी० डब्ल्यू० पराड़कर का अलीबागी घर, बाहर का कमरा।

बण्डा : *(बाहर आकर लट्ठमार-सा)* ऐ खाना खाने चलो।

अरुण : *(दर्शकों से)* चलिए! खाना खाने चलिए *(बण्डा से)* चलिए न *[बण्डा विंग के अन्दर चला जाता है। ड्राइंग-रूम का आधा कट आउट भीतर चला जाता है : माँ परोस रही है। झूठमूठ। निःशब्द भोजन। रह-रहकर माँ की आँखों में आँचल.]*

: भोजन में मजा नहीं आ रहा था मगर भूख लगी हुई थी। बैठा खाता रहा *(खाते-खाते रुककर)* माँ तुम्हारा यह बण्डा है न बण्डा। जब यह छोटा था न... *(दर्शकों से)* पहले ही देख चुका हूँ कि वह यहाँ आसपास कहीं है नही। *(बात आगे बढ़ाते हुए)* मैं उसको हरदम रुलाया करता था। *(दर्शकों से)* स्वप्नरंजन। लेकिन बड़ा सुखदायी। *(फिर माँ से)* फिर तो माँ ! उन दिनों वह ऐसा रोने लगता, ऐसा रोने लगता कि रोते-रोते बेटा की आँख से, नाक से पानी के बस परनाले चलने लगते। और फिर उसी में...सुन रही हो न माँ *(मुँह में कौर डालकर)* अगर उस समय भी उसके मूँछ रही होती न तब तो बस तुम देखतीं! तब तो रोते समय वह बहुत ही....*(कुछ कुरकुरी चीज़ खाकर)* समझो कि ऐसा दिखायी देता...क्यों क्या मैं झूठा कह रहा हूँ? ऐसा तो वह हो ही गया है। *(दर्शकों से)* मैं छेड़-छेड़कर माँ से बात करने का प्रयत्न कर रहा था किन्तु नो रिस्पॉन्स। बस सिर्फ *(माँ की आँखों में आँचल)* हारकर चुप हो गया। सोच रहा था कि शायद माँ सरु को पुकारेगी। या शायद कुमारी सरु देवी खुद ही आकर आदरणीय मेहमान की अगवानी करेंगी और शरमीली आँखें

झुकाकर कुछ अपने करकमल से परोसेंगी। मगर अपने भाग्य में कहाँ? कुमारी सरु इस समय कहाँ विराज रही हैं यह आप देखेंगे ही। मैं बराबर बातचीत कर रहा था।

[खाने और बात करने का अभिनय। माँ की आँखों में बार-बार आँचल। ड्राइंगरूम में पधारे हुए अन्ना और उनके पास अपनी ही शैली में अटेंशन खड़ा हुआ बण्डा]

बण्डा : अन्ना। सरु तैयार नहीं हो रही है।

अन्ना : तो क्या करूँ? सिर पटककर मर जाऊँ?

बण्डा : मेरे कहने का यह मतलब नहीं है।

अन्ना : तो क्या है मतलब ?

बण्डा : मैं यह कह रहा था कि आपको फौरन कोई-न-कोई रास्ता निकालना चाहिए।

अन्ना : रास्ता नहीं सिर निकलेगा।

बण्डा : अन्ना, क्रोध करने से कोई फायदा नहीं।

अन्ना : तो फिर क्या करूँ? लहँगा पहनकर उन लोगों के सामने नाचूँ?

बण्डा : *(गम्भीरता से)* उससे समस्या का हल नहीं निकलेगा।

अन्ना : जानता हूँ। मुझे सीख न दे। एक तो न जाने कहाँ से आज ही वह धमधूसर भी टपक पड़ा।

[रसोईघर में खाना खा रहे अरुण को हिचकी]

अरुण : *(माँ से)* माँ। लगता है मुझे कोई याद कर रहा है।

[पुनः खाने और बातचीत में तल्लीन]

अन्ना : किसी तरह चला जाता तो बला टलती। मगर जाने के कोई लच्छन दिखायी नहीं देते।

बण्डा : परिस्थिति गम्भीर हो उठी है अन्ना। सरु की शादी नहीं होगी तो मेरी भी नहीं हो पायेगी। बहन का विवाह पहले।

अन्ना : और वह कुबड़ी के ब्याह की तरह मुश्किल है। हमें तो भगवान् ने लड़की नहीं मुसीबत ही दे दी है।

बण्डा : अन्ना........

अन्ना : मर गये अन्ना।

बण्डा : *(गम्भीरता से)* अच्छा। *(बगल से कमरे के दरवाजे पर जाकर)* सरु........ए सरु जरा बाहर आओ।

सरु : *(अन्दर से ही)* सरु मर गयी।

बण्डा : *(गम्भीरता से)* तुमसे मुझे कुछ बहुत जरूरी बात करनी है।

सरु : मुझे नहीं करनी कोई बात।

[अरुण रसोईघर में तृप्त होकर डकार लेता है और हाथ धोने के लिए उठ जाता है।]

बण्डा : *(सरु का हाथ पकड़कर खींचता हुआ लाकर बाहर के कमरे में खड़ा कर देता है।)* नहीं सुनना है तो मत सुनो, मगर भाई होकर मेरा भी कुछ कर्त्तव्य है। मुझे जो कुछ कहना है कहकर रहूँगा। सरु सुनो! हम लोग हिन्दू हैं।

सरु : इस झंझट में तू न पड़ बण्डा, बता दिया। बड़ी-बड़ी मूँछ बढ़ गयी तो बड़ा भारी पण्डित नहीं हो गया तू। समझा ?

बण्डा : *(गम्भीरता से)* मेरी मूँछों को क्यो घसीटती हो इसमें। ध्यान से सुनो! हमारे हिन्दू धर्म में कुलदेवता, राष्ट्र और माता-पिता को ही ईश्वर माना जाता है। हमारा पवित्र कर्त्तव्य है कि हम उनकी आज्ञा को चुपचाप मान लें।

सरु : कर्त्तव्य गया चूल्हे भाड़ में। मुझे नहीं सीखना है तेरा कर्त्तव्य-फर्तव्य। जिन्दा रहना मुसीबत कर दिया मेरा। चिढ़ हो गयी है मुझे इस सारी नुमाइश से। मैं क्या कोई दुकान की चीज हूँ कि सिनेमा का पोस्टर? मुझे बिल्कुल

सजना–वजना नहीं है। कुछ भी नहीं करना है। मैं कुरूप ही सही, बुरी सही। मुझे न करे कोई पसन्द। मुझे शादी ही नहीं करनी है। *[हाथ धोकर अरुण रसोईघर में वापस आता है और खड़ी–खड़ी बीड़े लगाती हुई माँ से बात शुरू करने की योजना बनाता है। तौलिया से हाथ पोंछता रहता है तभी भीतर से ड्राइंगरूम का आधा कट आउट आकर उसको ढक देता है।]*

बण्डा : तुम्हें शादी नहीं करनी है।

सरु : नहीं नहीं नहीं।

[अन्ना क्रोध से बेचैन होकर मुट्ठी भींचते हैं।]

बण्डा : तो क्या मैं। आजन्म ब्रह्मचारी रहूँ?

सरु : रहो न। हिन्दू धर्म में यह भी तो लिखा है। जाओ तुम यहाँ से। ब्रह्मचारी रहो चाहे बाबाजी की तरह धूनी रमाओ। पर मेरी जान छोड़ दो। मैं आज ऐसे ही रहूँगी, उल्टे मुँह पर और तेल चुपड़कर बाल बिखेर लूँगी और जो आयेंगे उनके सामने काली माई की तरह ऐसे नाचूँगी समझे।

[लम्बी–सी जीभ बाहर निकालती है।]

अन्ना : अरे चुड़ैल। सरु......

[रसोईघर से आकर अरुण एक कदम दरवाजे से बाहर रखता है। अरुण को सहसा सामने देखकर अपने क्रोध को दबाकर, कसमसाते हुए अन्ना उठकर अन्दर चले जाते हैं। उनके पीछे–पीछे बण्डा भी। सरु की बाहर निकली हुई जिह्वा सहसा अरुण को सामने देखकर लजाकर भीतर चली जाती है।]

अरुण : माफ कीजिए। बीच में मैं आ पड़ा *(फिर दर्शकों से)* देखा? कौन कहेगा इसे सिलबिल्ली और बदसूरत *(सरु से)* आप कहती रहें जो कह रही थीं। मैं सिर्फ यहाँ इस तरफ बैठा रहूँगा। हाँ हाँ, बोलती रहिए न।

[उसे अचानक अपने सामने देखकर सरु घबराकर और शरमाकर जल्दी से भीतर भाग जाती है।]

अरुण : *(जोर से हँसकर दर्शकों से)* मार्वेलस। नहीं-नहीं, आपको नहीं। हँ-हँ। *(अन्दर इशारा)* मेरा तो पक्का विश्वास है कि यह लड़की चमकेगी। यह पहले झटके में डिमाण्ड में आ जायेगी। इसे केवल मन्त्र देने की कसर है। पुरुषों पर चलाया जानेवाला रामबाण मन्त्र। यह मन्त्र सौन्दर्य प्रसाधन में नहीं है। गाल के तिल में भी नहीं है। चम्पाकली सी खूबसूरत नाक की बनावट में भी नहीं, गुलाब की पंखुरियों-जैसे नाजुक होंठों में भी नहीं। वह साड़ियों में नहीं, चोलियों में नहीं, बाल के ऊँचे-ऊँचे जूड़े में नहीं, हरमोनियम बजाकर नन्दलाला के भजन गाने में भी नहीं। वह मन्त्र तो कुछ और ही है। उसे जिसने सिद्ध कर लिया है उसने पुरुषों के सारे किले धराशायी कर सीधे दिल पर ही कब्जा किया है।

[बैग के भीतर हाथ डालकर एक कागज की पुड़िया निकालता है और उसमें से एक बीड़ा पान निकालकर गाल में दबा लेता है।]

: मैं कहता हूँ सरु, सरल, सरस्वती-तुम्हारा विवाह होकर रहेगा। मैं चैलेंज करता हूँ तुम्हारी शादी करवाकर दिखाऊँगा। आने तो दो जरा वर महाशयजी को। मैं तुम्हें वह सिद्ध मन्त्र दूँगा जो तुम्हारी सारी इच्छाएँ पूरी कर देगा।

(तद्नुकूल पोज़) तुम्हारी मनोकामना.... नहीं.... तुम्हारी समस्त मनोकामनाएँ ऽऽ पूरी ऽऽ हो जायेंऽऽ *(बण्डा आ जाता है। बण्डा को देखकर पोज़ छोड़ देता है)*–गी *(बण्डा के साथ सहज व्यवहार के इरादे से)* कहिए बण्डा जी....

बण्डा : *(गम्भीरतापूर्वक)* आप ज़ायेंगे कब ? *(अरुण हतप्रभ)* यहाँ पर आज शाम को एक घरेलू उत्सव है।

अरुण : *(नकली हँसी हँसकर)* अरे वाह सचमुच? चलिए अच्छा है। मुझे भी ज़रा शहर में कुछ काम है।

बण्डा : तो फिर आप उस समय....

अरुण : जाहिर है कि नहीं रहूँगा। काम पर जो जाना है।

बण्डा : अच्छा। *(अन्दर चला जाता है।)*

अरुण : अच्छा। अन्ना पराड़कर का बच्चा! अरे बच्चूजी! खैर मनाओ कि मेरे ही बदौलत तुम्हारी बहन विवाह के बाजार में खपनेवाली है और हिन्दू प्रजा की जनसंख्या बढ़ाने के लिए तुम्हारा रास्ता भी साफ होनेवाला है। अपनी तकदीर सराहो बेटा। तुम्हारे सात जन्म के पुण्यों का फल था जो मेरे चरण-कमल ने तुम्हारे इस घर को पवित्र किया *(दर्शकों से)* अपने पास आत्मविश्वास की कमी नहीं है। भरपूर खजाना! गरजमन्द को ठीक दाम पर। चले आइए या लिख भेजिए। क्यों भाभीजी! आपके मिस्टर को तो नहीं चाहिए? आफिस में साहब के सामने? क्यों जी मिस्टर? एकाध किलो। अच्छा छोड़िए। आपलोग इस कहानी का ही अगला हिस्सा देखिए। पेट भर खाना खा चुका था। ऊपर से माँ के हाथ की बढ़िया गिलौरी शरीर में सुस्ती ला रही थी। मगर आराम कहाँ था। लौटने के लिए समय भी नहीं था। घर का वातावरण तंग था। सरु से भेंट करना इस वक्त जरूरी हो गया था।

[बण्डा धुला हुआ पायजामा पहनता हुआ बाहर आता है और फौरन ही

लौट जाता है। माँ आँचल से नाक पोंछती हुई आती है और आलमारी में से एक हैण्डलूम की सुन्दर साड़ी निकालकर अन्दर चली जाती है। अन्ना सिर पर टोपी लगाये हुए बाहर आते हैं। पीछे-पीछे माँ कोट लेकर आती हैं।]

माँ : अरे यह क्या? कोट तो पहन जाओ। क्या कहेंगे वह लोग?

अन्ना : *(खीझते हुए)* क्या मुझे पसन्द करना है उनको? लाओ दो, पहने लेता हूँ। एक बार फिर वही तमाशा होने दो। *(व्याकुल)* इस दफा कम-से-कम यह चुड़ैल किसी तरह पार लग जाती बस, इतनी ही इच्छा थी। मगर मुश्किल ही है। *(माँ आँचल से आँखें पोंछती है।)*

: *(ठण्डी साँस भरकर)* हूँ......आता हूँ......उनको लेकर। तुम अपनी ओर से खातिरदारी का प्रबन्ध पक्का रखो।

माँ : वह तो है ही। वैसे जिद्दी जरूर है सरु, मगर मान जायेगी। तुम जाओ। मैं देख लूँगी सब। *(अन्ना चले जाते हैं।)*

[ऊपर से लटपटाता हुआ उद्यान का पर्दा गिरकर इस दृश्य को ढँक देता है।]

अरुण : *(परदे के सामने आकर)* यह कुछ अलग तरह का दृश्य ।

स्थान : घर के पीछे का बगीचा। बगीचे से लगे हुए कमरे में अवसर की तलाश में इन्तजार करता हुआ मैं और बगीचे में एक बड़े पेड़ के नीचे अपने परिवार के लोगों से दुत्कारी हुई और वर्तमान स्थिति से दुखी सरु। चुप और अकेली। मैंने उसे देखा *(सरु आकर बैठती हुई*

दिखायी देती है, अपने में ही खोयी-खोयी-सी) येस देयर वाज माई चान्स।

अरुण : मैं उस तरफ लपका।

[सरु के पीछे जाकर कुछ दूर पर खड़ा होता है।]

: गुड आफ्टर नून सरु दीदी! *(वह चौंककर कुछ सकुचायी-सी खड़ी हो जाती है)* उठने की जरूरत नहीं है। बैठ जाइए। मैं कोई पराया नहीं हूँ। फ्राँक पहने हुए एक नन्हीं-सी लड़की को मैं देख चुका हूँ। जंजीरा में रहती थी। नन्हीं-सी चुटिया लम्बे इयरिंग पलाश के फूल की तरह लाल-लाल। नाक में कील। बेहद शरारती थी और नखरीली भी। चलती कैसी थी पता है?

[वह धीरे से सिर उठाकर उम्मीद से उसकी तरफ देखती है।]

: ऐसे। *(फ्राँक का काल्पनिक घेर सँभालते हुए चलने की नकल करता है।)*

[वह सिर घुमा लेती है।]

: और जब गुस्सा होती थी तो ? *(वह इस आशा से उसकी तरफ देखता है कि वह देख रही होगी मगर इस बार वह नहीं देखती)* ऐसे........

[वह देखने लगती है.....रहा नहीं जाता। वह अब नाक फुलाकर सिर को झटकता है और लड़कियों की अदा से 'हुँह' करता है। वह फिर मुँह मोड़ लेती है।]

: और हँसती कैसे थी?

[वह नहीं देखती मगर कान उसकी बातों पर लगे हैं। मुँह पर हाथ

रखकर लड़कियों की तरह देर तक खिलखिलाता है।]

[सरु के चेहरे पर मुस्कान]

: हँसते-हँसते लोट-पोट हो जाती थी तब हमारी सरु दीदी और कभी-कभी तो रोते-रोते भी वह नन्हीं लड़की हँस पड़ती थी *[कैसे? यह नकल कर दिखाता है।]*

[सरु एकटक देख रही है।]

: फिर फ्रॉक को कमर में यूँ खोंसकर सरु दीदी सर्र-सर्र पेड़ पर चढ़ जाती थीं। जैसे गिलहरी दीदी। और पेड़ कौन सा? मालूम? *[गाल मे अँगुली धँसाकर वही इमली का।]*

[वह हँस पड़ती है।]

: और इमली कैसे खाती थी?

[उसके मुँह में पानी भर आता है। सप्रयास अनदेखा करती है। अरुण जेब से इमली निकालता है।]

: ऐसे हाथ में इमली की फली रहती और ऐसे सरु दीदी। अँजुरी में इमली का ढेर। मुँह से हर समय पानी टपकता रहता। और जो कभी बण्डा देख पाता तो चटपट हिस्सा माँगने आ पहुँचता। अगर नहीं दिया तो चीख-चीखकर घर सिर पर उठा लेता। माँ से चुगली करने लगता। फिर तो बस....हाथ की इमली फ्रॉक में छुपा दी जाती *(उसी तरह की नकल करता है)* और सरु दीदी अकेली ही *(एक-एक कदम बढ़ाता हुआ, मुँह में पानी छूटने की नकल करता हुआ)* आकर किसी कोने में छुप रहती और कहती, 'अब सारी इमली मैं अकेली खाऊँगी और पेट भर जायेगा तब जाऊँगी घर।' माँ पूछती, 'सरु चुड़ैल कहाँ थी बोल इतनी देर?' *(सरु के स्वर में)* 'कहीं नहीं।

यहीं पर तो थी। बण्डा को देख रही थी। इमली–*(जीभ काटकर)* नहीं भगवान् कसम!'

[सरु यह सब एकटक देख रही है। चेहरे पर हँसी है।]

: और फिर उस समय बण्डा क्या कहता ? पता? कहता, 'नहीं अम्माँ। दीदी ने! इमली तोल लही थी पेल पल चल्ह कल' *(माँ की आवाज)* 'सरी भुतनी अच्छा ये हो रहा था? देखती हूँ कहाँ है–' *(माँ के पीछा करने का अभिनय, सरु दीदी के आगे-आगे भागने का, माँ से बचने का, खुले बाल पीछे झिटकने का, बीच-बीच में मुँह में एक-एक इमली की फली चूसते जाने का अभिनय। यह सब अदल-बदलकर)*

: और बण्डा *(उसका सिर्फ खुला हुआ मुँह)*

आँ ऽऽऽ दीदी अकेले अकेले छाली इमली खा लही है ऽऽऽ *[सरु खिलखिलाकर हँस पड़ती है अरुण भी हँसता है।]*

सरु : *(हँसी रोकती है। पहले कुछ हिचकती है। फिर खुश होकर)* कुछ भी सच नहीं है। जंजीरा में हमारे घर के पास कोई इमली का पेड़ था ही नहीं। और बण्डा को देखने के लिए नौकरानी रहा करती थी और आप तो जंजीरा में कभी थे भी नहीं। मुझे उस समय के बच्चों की खूब अच्छी तरह याद है। अच्छा! जंजीरा में थे एक पहचान बताइए। वहाँ स्कूल के पीछे क्या था?

अरुण : धत्तेरी ! अरे खेल का मैदान। और क्या?

सरु : बिलकुल गलत। वहाँ था सरकारी धर्मार्थ औषधालय। और उसके बगलवाले घर को छोड़कर फिर क्या था?

अरुण : *(दोनों हाथ उठाकर)* हैण्ड्स अप।

सरु : राशनकर की चाल। जहाँ के लिए अपने अन्ना को बताया कि आप रहते थे।

अरुण : हैण्ड्स अप तो कर रहा हूँ।

सरु : *(प्रसन्न होकर)* आप बड़े गप्पी हैं।

अरुण : *[कन्धे उचकाता है।]*

सरु : आप सिनेमा में काम करते हैं?

अरुण : *(इनकार में बारह-तेरह वर्ष के बालक की तरह सिर हिलाता है।)*

सरु : फिर क्या, नाटक में?

अरुण : *[इनकार में सिर हिलाता है।]*

सरु : मगर करेंगे तो बढ़िया करेंगे। *(सोचकर हँसती है।)* माँ को आपने झट से खुश कर लिया। कहती हैं कितना शरीफ है लड़का।

अरुण : *[बचकानी अपराधी मुद्रा]*

सरु : वाह जी! शरीफजी। जरा अपना मुँह तो देखिए। *[खिलखिलाकर हँसती है।]*

अरुण : *[उसे देखकर खुश होता हुआ दर्शकों की तरह आँख मारता है। फिर अपनी बचकानी अपराधी मुद्रा में]*

सरु : कहाँ से आये हैं आप? बम्बई से?

अरुण : *(उसी तरह बचकानी अदा)* हाँ *(स्टीमर में बैठे रहने का अभिनय। स्टीमर छूटने का भोंपू मुँह से बजाता है। घण्टी बजाता है। चलती हुई स्टीमर में डगमगाते हुए बैठने का, जी मचलाने का अभिनय।)*

सरु : स्टीमर में आये हैं?

अरुण : *(अरुण की स्वीकृति-सूचक मुद्रा)*

सरु : क्यों?

अरुण : *(अरुण उसकी तरफ उँगली दिखाकर फिर भोली बचकानी अदा में खड़ा रहता है।)*

सरु : मुझसे मिलने? चलिए। गप्पी कहीं के।

अरुण : *(अरुण की वही मुद्रा)*

सरु : क्यों ? मुझसे मिलने क्यों? *(सहसा बहुत उदास हो जाती है)* मैं तो बदसूरत हूँ। बेवकूफ हूँ। सिलबिल्ली हूँ। सबकी मुसीबत की जड़ हूँ। जिद्दी हूँ। सभी तो नापसन्द करते हैं मुझे।

अरुण : *[उसी बचकानी अदा में यातना पाने की नकल करता है।]*

सरु : आप गूँगे हैं? तो फिर बोलते क्यों नहीं?

अरुण : *[असहाय भाव दर्शाता है। असमर्थता दर्शाता है। उसकी तरफ इशारा करता है।]*

सरु : मुझे यह सब समझ में नहीं आता।

अरुण : *(विवश होकर)* मेरे मुँह से शब्द ही नहीं निकलते *(फिर चुप होकर, असमर्थता में सिर हिलाता है।)*

सरु : *(खिलखिलाकर हँसती है।)* बड़े मजाकिया हैं आप। शब्द क्यों नहीं निकलते?

अरुण : *[सिर्फ जीभ बाहर निकालता है।]*

सरु : ये जीभ क्यों दिखाने लगे?

अरुण : तुमने नहीं दिखायी थी अभी! बाप रे बाप! एकदम चण्डिका। याद आती है तो रूह काँप जाती है। मेरी तो बोली ही बन्द हो गयी तब से *(फिर पूर्ववत् खड़ा।)*

सरु : *(शरमाकर सिर झुका लेती है।)* जाइये, इतना नहीं जितना आप कह रहे हैं।

अरुण : क्या बात है?

सरु : *(उसी तरह)* कुछ नहीं।

अरुण : अरे आप तो एकदम लजा गयीं, अहा! अद्भुत।

सरु : *(दाँतों के बीच आँचल दबाकर जल्दी से मुँह घुमा लेती है।)* अच्छा अब चुप रहिए कोई आ जायेगा। ऐसे ही

सब लोग मेरे ऊपर नाराज हैं। आपको भी नहीं छोड़ेंगे फिर!

अरुण : कोई बात नहीं। इस सुन्दर दृश्य को देखने के लिए मैं सब सह लूँगा।

सरु : *(सहसा चौंककर)* क्या?

अरुण : सुन्दर दृश्य।

सरु : *(चौकन्नी होकर चारों ओर देखती हुई)* सुन्दर दृश्य! कहाँ है सुन्दर दृश्य!

अरुण : मैं देख रहा हूँ।

सरु : मुझे सुन्दर कह रहे हैं आप!

अरुण : हूँ।

सरु : झूठे।

अरुण : कम-से-कम इस बार तो बिलकुल सच्चा।

सरु : झूठ मत बोलिए।

अरुण : झूठ नहीं, सच कहता हूँ। सुन्दर, बहुत सुन्दर!

सरु : आप होश में तो हैं न !

अरुण : एकदम।

सरु : तो बोलिए क्या है सुन्दर? जो सुन्दर-सुन्दर कह रहे हैं! मेरा यह स्वाँग? कि यह सिलबिल्ले कपड़े? कि यह शकल? मुझे बहलाइए नहीं। मैं कैसी हूँ यह मैं अच्छी तरह जानती हूँ।

अरुण : उहुँक।

सरु : तो क्या आप जानते हैं?

अरुण : *(स्वीकृतिसूचक सिर हिलाता है।)*

सरु : हुँः।

अरुण : और भी सुन्दर।

सरु : अच्छा अब आप दया करके चले जाइये यहाँ से। मुझे परेशान न कीजिये।

अरुण : क्यों जीभ निकाल लेंगी पिछली बार की तरह। चण्डिका की तरह!

सरु : *(शर्म से लाल होकर)* मुझे क्या पता था कि आप एकदम सामने ही आ पड़ेगे!

अरुण : बड़ा अच्छा हुआ कि आ गया।

सरु : आप मुझे क्यों बहका रहे हैं!

अरुण : मैं नहीं आप खुद अपने को बहका रही हैं।

[भीतर से माँ की पुकार]

सरु....अरी ओ सरु,

सरु : माँ की हड़बड़ी शुरू हो गयी। समय हो गया मेरी नुमाइश का। *(जाने के लिए मुड़ती है।)* जा रही हूँ। फिर एक नये आदमी के मुँह से 'ना' सुनकर आऊँगी। तब कहियेगा मुझे 'सुन्दर'?

अरुण : हजार बार कहूँगा।

सरु : *(रुक कर)* क्यों मगर।

अरुण : आप हैं इसलिए।

सरु : *(कुछ सोच नहीं पाती कि क्या कहे)*

अरुण : आपको अपने बारे में बड़ी गलत जानकारी है। आप अपने ऊपर अन्याय करती हैं। भगवान् की सौगन्ध खाकर कहता हूँ कि आप सुन्दर हैं। अन्ना की, माँ की, आपकी भी सौगन्ध खाकर कहता हूँ कि आप सचमुच बहुत खूबसूरत हैं। झूठ कह रहा होऊँ तो मेरी जीभ गलकर गिर जाये। और सच बोल रहा होऊँ तो आपकी शादी के लड्डू खाऊँ। आप सुन्दर हैं। आप सुन्दर है। आप

बहुत सुन्दर हैं। जरा देखिए तो अपनी तरफ। शीशे में नहीं। जरा हँसकर, जरा शरमाकर, मुस्कुराकर, आनन्द में पूरी तरह डूबकर, चाहे नाराज होकर या मन चाहे तो जीभ निकालकर भी। मगर आप सुन्दर हैं। लेडी! यू लुक वण्डरफुल। 'बिविचिंग'। दैट्स द वर्ड! अ स्वीट लिट्ल बर्ड-प्रेम पंछी। देखा है कभी वह पंछी? चपटी-सी चोंच, बदसूरत, पिचकी आँखें। कुरूप, सूखे-से पंजे, खुरदुरे पंख मगर फिर भी सुन्दर। फिर भी सुकुमार और सलोना। तो कारण क्या है? यू नो? हार्ट इज फुल ऑफ लव। लव फॉर लाइफ। लव फॉर हिज मेट। प्रेमरस में पगा हुआ। और तभी हमेशा हँसता रहता है। विभोर होकर गाता रहता है। नाचता-थिरकता रहता है, पिंजरे में रहकर भी मस्त रहता है। प्यार ही उसे सुन्दर बनाता है। प्यार सबको सुन्दर बनाता है। आप भी! नहीं आप तो बहुत सुन्दर हैं। सिर्फ अपने भीतर के प्यार को जगाइये। अपने को प्यार कीजिये। हँसिए, मुस्कराइए। मुस्कराती रहिए। गुनगुनाती रहिए, थिरकती रहिए। किसी को दिखाने के लिए नहीं। प्यार के रंग में आप डूब जाइए...देखिए कि आप सुन्दर हैं कि नहीं। अपने दोनों गालों पर सुन्दरता के चिह्न को उभरने दीजिए। हाँ, ऐसे...ओ हो हो....सरुदेवी आप सचमुच ही बहुत सुन्दर हैं। भरी दुपहरी में आपकी आँखों में चाँदनी थिरक उठी है। तपती हुई धूप में आपके होंठों पर हँसी के नन्हें-नन्हें फूल खिले हैं।...यह फूल कितने रसभीने हैं कितने सुगन्धित! आपके हृदय की पँखुरियों में भरा हुआ प्यार का यह पराग सारी सृष्टि पर बिखर गया है... सरुदेवी बस आप ही तो सुन्दर हैं। सिर्फ आप ही...

[भीतर से माँ की पुकार-सरे ऽऽ ओ सरे ऽऽ गयी कहाँ आखिर?...सरु

अपनी ही तन्द्रा में डूबी-डूबी खोयी खोयी-सी खड़ी है।]

अगर वह नहीं देख सकेगा तो अभागा है। अगर देखेगा तो जन्म-जन्मान्तर प्यार करेगा.... जनाब कुदरत का यह चमत्कार देखिए-मुहब्बतवालों दिल का यह खेल देखिए-सब उपस्थित सज्जनों एक साथ तालियाँ बजाइए...न मिलेगी दोस्तो! ऐसी मौज देखने वालों को....*(सीटी बजाकर गुनगुनाने लगता है।)*

[वह लाज से दुहरी होकर एकदम एक आवेग से भीतर भाग जाती है।]

अरुण : नशा उतरता नहीं। *(दर्शकों से)* सॉरी जेण्टिलमैन टेन मिनिट्स इण्टरवल। मन्त्र के सम्मोहन से जरा मान्त्रिक को भी होश में आ लेने दीजिए। फिर आगे की कथा...

●●●

[पृष्ठ भाग में आधा ड्राइंगरूम का और आधा अन्दरवाले कमरे का दृश्य दिखायी देता है। भीतर के कमरे में सरु भाव-विभोर सी बैठी दिखायी दे रही है। दिखाने के लिए की जानेवाली वेशभूषा में ही है। पार्श्व में उपर्युक्त संगीत। ड्राइंगरूम में दिखावे की रस्म अभी-अभी खत्म होने के चिह्न। कुर्त्ता-धोती पहने हुए बण्डा। हैण्डलूम की सुन्दर साड़ी पहने हुए माँ। दोनों के चेहरे पर कुछ हर्षभरा भाव। कुछ उत्कण्ठा।]

बण्डा : माँ। अपनी तरफ से तो आज कोई कमी पड़ी नहीं, सब अच्छी तरह से निपट गया।

माँ : तेरे कहने से क्या! उन्हें भी तो ऐसा लगना चाहिए कि नहीं?

बण्डा : हाँ, यह भी ठीक कहती हो। यह तो एक समस्या है ही *(गम्भीर होकर)* अब देखना है कि अन्ना क्या समाचार लेकर लौटते हैं।

माँ : हर बार 'न' सुन-सुनकर तो अब 'हाँ' की आशा करना भी अजब लगता है।

बण्डा : लेकिन माँ! आज सरु कितने कायदे से रही न?

माँ : हाँ, लेकिन यह चमत्कार हुआ कैसे? बड़ी ही सुघड़ता से किया सब। मैं भी चक्कर में पड़ गयी। चाय-नाश्ता सब कैसे सलीके से दिया न?

बण्डा : माँ, मैंने जो उसे कर्त्तव्य की सीख दी थी न? उसी से यह सब हुआ होगा। दीदी वैसे ऊपर से चाहे जैसी हो मगर भीतर से बहुत संस्कारी है। भीतर का यह जो संस्कार है न माँ! वही कर्त्तव्य की याद दिलाता रहता है और आदमी मोह में नहीं पड़ता।

माँ : अभी तक यह लौटे क्यों नहीं? और चाहे जो कह ले बण्डा! पर आज का यह लड़का भी देखने में बड़ा सुन्दर और सलोना था। कहते हैं बम्बई में अच्छी पक्की नौकरी है। घर का ठोस है। माँ-बाप जिन्दा हैं। मुझे तो भैया बहुत ही पसन्द आया।

बण्डा : उससे कोई फायदा है नहीं मगर। उस लड़के को सरु पसन्द आयी या नहीं यह असली प्रश्न है। समझी माँ?

माँ : समझ गयी रे। ये अभी तक वापस क्यों नहीं लौटे?

[अन्ना आकर हर्षातिरेक से]

अन्ना : अरे सुनो-सुनो...

[हर्ष के कारण आगे की बात मुँह से निकलती ही नहीं, सिर्फ हाथ चलाते रह जाते हैं।]

अरे सुनो....

माँ : क्या कहा? क्या आया उत्तर?

अन्ना : हमारी सरु...हूँ...

माँ : यानी कि नापसन्द?

अन्ना : अरे नहीं भाई...पसन्द। सरु हमारी पसन्द।

माँ : सच कह रहे हो?

अन्ना : और नहीं तो क्या भंग पीकर बर्रा रहा हूँ? सरु पसन्द आ गयी उन्हें। एकदम पसन्द। दहेज-वहेज की कोई भी शर्त उनकी नहीं। सब-कुछ हमारे ऊपर ही डाल दिया है। सिर्फ हमें अपनी तरफ का शादी का खर्च करना होगा।

माँ : *(आनन्द से उतावली होकर)* सच कहते हो?

बण्डा : कहीं मानसिक धक्के से तुम्हें वायु-प्रकोप तो नहीं हो गया अन्ना?

अन्ना : बेवकूफ ! मानसिक धक्के से तो नहीं मगर मारे खुशी के अब मुझे हर्ष-प्रकोप जरूर होनेवाला है।

माँ : *(आँखें बन्दकर हाथ जोड़ती हैं)* हे प्रभु! हे दत्त महाराज मेरी लाज रख ली। मनौती पूरी करूँगी।

अन्ना : आगे की बातचीत करने को उन्होंने सवेरे बुलाया है। मुहूर्त जल्दी का चाहते हैं वह लोग। लड़का लड़की पर एकदम लट्टू है लट्टू! यह बताये देता हूँ तुम्हें।

माँ : क्या जादू कर दिया इस बार चुड़ैल ने?

बण्डा : मैंने उसे कर्त्तव्य की सीख बड़े समय से दी थी...

माँ : बहुत हुआ रे तेरा कर्त्तब-कर्त्तब!

[कुर्सी पर बैठकर हाथ से पंखा झलने लगती हैं।]

चलो छुट्टी हुई किसी तरह...

अन्ना : ओह! काम काम में मैं तो भूल ही गया *(तेजी से रसोईघर की ओर जाते हैं।]*

माँ : बण्डा, हमारी सरु बिटिया की तकदीर भी आखिर कैसी बढ़िया निकली। चाँद जैसा दूल्हा पाया है लड़की ने। नहीं तो वह दोनों पहलेवाले। दूसरा तो मुझे दुहाजू ही लग रहा था। अब दामाद को लेकर कोई उँगली नहीं उठा सकता। हजारों में एक है। हैं कि नहीं?

अन्ना : *(भीतर से सहज होकर आते हुए)* कैसा हल्का-हल्का लग रहा है।

[सोफे में बैठ जाते हैं।]

[सबके चहरों पर प्रसन्नता]

[भीतर के कमरे में सरु अपने ही में विभोर गुनगुना रही है। ....कुछ याद करके स्वयं ही हँस रही है, लजा रही है। उसमें अद्योपान्त परिवर्तन। अब सचमुच खूबसूरत लग रही है।]

अन्ना : *(सहसा कुछ स्मरण कर)* अरे भाई! सरु हैं कहाँ मगर?

माँ : कहाँ है सरु बिटिया? उसे बताना तो चाहिए न। सरे...अरी ओ सरे।

अन्ना : सरु...आओ, आओ जल्दी आओ...

तुम्हारे लिए खुशखबरी लाया हूँ मैं। आओ...

माँ : आ रही हो न ? आज नजर उतारनी चाहिए जी लड़की की।

अन्ना : सरु दीदी! अरे जरा बाहर तो आओ। वह लोग चले गये सब। आओ बाहर।

[सरु विवश होकर उठती है फिर धीरे-धीरे चलकर बाहर ड्राइंगरूम में आती है।]

माँ : देखो आ गयी।

अन्ना : आइये सरु दीदी! आप पास हो गयी। *(सरु तक यह बात पहुँचती ही नहीं)*

सिर्फ पास नहीं ही नहीं फर्स्ट क्लास फर्स्ट विद डिस्टिंक्शन।

माँ : आखिर तकदीर की तू तेज निकली लड़की। मुझे कितना डर लगा रहता था कि ब्याह होगा भी या नहीं लड़की का...

अन्ना : अरे ज्योतिषी भी तो एक स्वर से सब-के-सब यही कह रहे थे कि विवाह का योग है। कुण्डली में पड़ा वह योग आखिरकार जायेगा कहाँ?

माँ : सच्ची रे सरु। उन्हें पसन्द आ गयी भई तू तो...

अन्ना : सिर्फ पसन्द? अरे दिल के भीतर पैठ गयी कहो।

माँ : हाँ सचमुच। सरु! तुझे भी तो पसन्द आये न वह?

अन्ना : पसन्द तो आयेगा ही। कैसा चाँद-जैसा लड़का है-रूप, गुण, शिक्षा, स्वास्थ्य, रुपया-पैसा, जायदाद...सभी में तो बेस्ट है।

[सरु तक यह बातें पहुँचती ही नहीं]

माँ : राजा की रानी शोभेगी बिटिया मेरी। जोड़ा बिल्कुल लक्ष्मी नारायण का मिलाया है भगवान् ने।

अन्ना : तो ऐसा-वैसा लड़का मैं नहीं खोजता। अरे लड़की भी तो एक ही है मेरी। क्या कोई दस-बीस लड़कियाँ हैं?

माँ : चल रानी। नजर उतार दूँ तेरी पहले...चल भीतर चल...। *(सरु सहसा किसी स्मृति से विभोर हो मुस्कुराने लगती है फिर जोर से खिलखिला पड़ती है)*

क्या हुआ रे ? हँसने क्यों लगी?

अन्ना : अरे भाई अब वह हँसेगी नहीं तो क्या रोयेगी? तुम लोग बड़े अजीब हो। हँसो सरु बिटिया। खूब जी भरकर हँसो। इसकी चिन्ता से तो मैं खुद हँसना भूल गया था। *(हँसते हैं)* आज मैं बहुत खुश हूँ। बण्डोबा अब अगले साल आपका बेड़ा भी पार। लड़की गयी नहीं कि इस घर में चटपट बहू ले आऊँगा। क्यों जी?

माँ : बहू तो बहू ही है। उसे तो लड़के की ही समझो। वह लड़की की जगह थोड़े ही ले सकती है। अपनी चीज अपनी ही है। चल सरु...नजर उतार दूँ तेरी।

सरु : आँ?

[माँ के पीछे-पीछे रसोईघर में चली जाती है।]

अन्ना : बण्डोबा—संकट कट गया। तुम बहुत दिन से कह रहे थे न? कि रेडियो खरीदना है। फरमाइश मन्जूर। अगले ही महीने लो रेडियो। शादी के खर्चें में सरी का तो सब कुछ पूरा हो ही जायगा। अब अपने बजट में रेडियो आया ही समझो...

[अरुण आता है बाहर से।]

अरुण : *(दर्शकों से)* देखने-दिखाने की रस्म में बेमतलब मुझ जैसे पराये आगन्तुक का घर में रहना उचित नहीं था इसीलिए मैं बाहर चला गया था। समुद्र के किनारे। ठण्डी-ठण्डी हवा और ताड़ के फल खाता रहा। छोटे-छोटे रसभरे ताड़ के फल आपने भी कभी खाये हैं? नहीं न ? आप जान ही नहीं सकते। व्हाट ए फीलिंग? हाँ, तो मैं फिर टहलते-टहलते मिस्टर-डी० डब्ल्यू० पराडकर के मकान पर आ पहुँचा...

अन्ना : *(उसे देखकर)* आइए आइए। आइए मेहमान आइए।

अरुण : *(दर्शकों से)* जलवायु में यह सुखद परिवर्तन क्यों? कुछ समझ में आया?

अन्ना : बैठिए। बण्डा भीतर से कुछ नाश्ता-वाश्ता ले आओ इनके लिए।

[बण्डा अन्दर से नाश्ता लेकर आता है।]

अन्ना : लीजिए, मुँह मीठा कीजिए।

अरुण : क्यों?

अन्ना : अरे आप हैं किस दुनिया में ? भई लड़की पसन्द आ गयी, हमारी सरु...

अरुण : *(दर्शकों से)* जैसे मुझे कुछ पता ही नहीं *(अन्ना से)* हाँ अच्छा? क्या हुआ उसका?

अन्ना : अरे होगा क्या। शादी पक्की हो गयी भाई उसकी।

अरुण : *(दर्शकों से)* होती ही। मान्त्रिक कौन था मिस्टर? *(अन्ना से)* वाह, वाह, वाह, *(प्लेट में से कुछ लेकर मुँह में डाल लेता है।)* यह तो बड़ी बढ़िया खबर दी आपने। तो फिर शादी की मिठाई कब मिल रही है?

[बगल के कमरे में अकेली सरु।]

अन्ना : वह भी आहिस्ते-आहिस्ते मिलेगी भाई! अरे मगर मैं तुमसे आप-आप करके क्यों बोल रहा हूँ?

अरुण : लीजिए मुझे क्या पता? आप कहने लगे, मैंने भी सोचा चलो ठीक है। जो कहते हैं वही सही। आपको आनन्द होना चाहिए अन्ना! बस और क्या।

अन्ना : अरे वाह रे बुद्धूदास। मैं तुझसे आप कहकर बोलूँगा? तुझे तब से देखा है जब तू चड्डी पहने घूमा करता था। जंजीरा में। राशनकर की चाल में।

अरुण : *(दर्शकों से)* मन्त्र का साइड इफेक्ट *(अन्ना से)* हाँ अन्ना। और क्या?

अन्ना : अब आज की रात रह जा यहीं। क्यों? सुबह की स्टीमर से चले जाना।

अरुण : *(बण्डा की तरफ देखकर)* हाँ। मगर....नहीं। जल्दी जाना ही अच्छा है...स....

अन्ना : नहीं, आज तुझे रहना ही होगा।

अरुण : *(दर्शकों से)* यह कैसी प्यार भरी ज्यादती। *(अन्ना से)* अच्छा, रह जाऊँगा। मगर अन्ना! सरु है कहाँ? उसे कांग्रेच्युलेशन तो देना चाहिए या नहीं?

अन्ना : है...भीतर होगी... अभी-अभी अन्दर गयी है। सरु दीदीऽऽ सरु ऽऽ अरे देखो कौन आया है? नजर-वजर उतर गयी कि नहीं अभी? आओ, जरा बाहर आओ।

[सरु अपने में खोयी-खोयी अब भी बैठी हुई है।]

उसकी माँ बोली उसकी नजर उतार देनी चाहिए। बड़ी गुनी बच्ची है।

अरुण : सरु दीदी....अरे जरा बाहर तो आइए।

[भीतर के कमरे में सरु सहसा सचेतन हो जाती है।]

अन्ना : शरमाती है बिटिया। ऐसे समय में ऐसा ही होता है। क्यों?

अरुण : क्या पता। मेरी कहाँ शादी हुई अभी?

अन्ना : अरे हो जायेगी। हो जायेगी।

अरुण : नहीं, इतनी जल्दी नहीं।

अन्ना : देखो भाई! शादी और भोजन समय पर ही कर लेना चाहिए।

अरुण : भोजन तो करता ही हूँ। शादी के लिए अभी समय है। बात यह है अन्ना ! जब बाहर का खाना खा खाकर तबीयत भर जाये न, तब आदमी को समझना चाहिए कि शादी का समय हो गया।

अन्ना : बड़ा आया! कर, कर चटपट शादी। सरु दीदी... आओ तो जरा बाहर।

[सरु किसी खिंचाव में बँधी-सी बाहर के कमरे में आती है। कुछ देर पहले भीतर गया हुआ ड्राइंगरूम का कट आउट आकर भीतर के कमरे का दृश्य ढक देता है।

: यह देखो कौन आया है?

[सरु लजाकर पैर के अँगूठे पर नज़र गड़ाये खड़ी रहती है।]

अरुण : *[यह देख दर्शकों की ओर आँख मारता है। और शेर पढ़ने की पारसी शैली में कहता है।]*

अय रसीली आँखों। कहर मत ढाओ। तुम्हारी शराब लबों पर आने से पहले ही मेरी आँखों में उतर चुकी है।

अन्ना : लजाओ मत! लजाओ मत सरु दीदी..देखो कितनी लजा रही है बेवकूफ...बण्डा। देख....

बण्डा : मगर इस समय शरमाने का कोई तुक मेरी समझ में नहीं आ रही है अन्ना।

अन्ना : मूर्ख है।

[भीतर से माँ आकर दरवाजे पर खड़ी हो जाती हैं।]

अरुण : सरु दीदी! अभिनन्दन त्रिबार। बार-बार। हजार बार! आपको बहुत बधाई *(वह वैसी ही खड़ी है।)* अरे थैंक्स तो दीजिए।

अन्ना : सरु दीदी, बोलो भाई थैंक्स बोलो उसे।

[वह सिर उठाकर अरुण की तरफ देखती है। आँखें डबडबायी हुईं। फिर नीचे देखने लगती है।]

माँ : अरे पाँव पड़! वह बड़ा है रे तुझसे।

अरुण : *(घबराकर) नहीं-नहीं माँ।* क्या बेकार की बात। मैं कैसे बड़ा। सरु दीदी। मुझे याद रखियेगा न? आँ? ससुराल जाने के बाद? *(बच्चे को हाथों में झुलाने का अभिनय)* इसके साथ रम जाने के बाद..क्यों?

[वह बेचैन होती है। हथेली मुँह पर रखकर जोर से दबाती है।]

अरुण : अन्ना! अभी इसी समय एस०टी० से मैं वापस जाऊँगा।

सरु : *(अनजाने में ही एकाएक)* नहीं...नहीं...

[अरुण विस्मय से उसे देखने लगता है।]

माँ : मना कर रही है बिटिया तो रुक जा न?

अन्ना : यही तो मैं भी कह रहा हूँ। मेरी मानों। तुम सुबह की स्टीमर से चले जाना।

अरुण : नहीं अन्ना, मुझे जाना ही होगा। काम है मुझे...

अन्ना : अरे रात में कहाँ के आ गये काम, क्या कह रहा है तू? चले जाना सुबह।

अरुण : सम्भव नहीं है यह। सचमुच ।

[सरु खड़ी-खड़ी व्याकुल हो रही है।]

: माँ। मुझे अब आप जाने की इजाजत दीजिये। *(दर्शकों से)* स्मरण आ गया न? कहीं भी अनुरक्त होकर न रहने की बात उस समय से ही मेरा धर्म और मेरा आचरण बन गयी है। अपने हाथ से किसी का कुछ भला हो गया यही बहुत हुआ। बस, बिस्तर गोल किया और चल पड़े। वैसे बिस्तर भी कहाँ है? *(घड़ी देखता है)* अरे बाप रे बाप! पौने सात बज गये। फौरन निकल पड़ना चाहिए। *(बैग उठाकर बगल में दबाता है)* गुड बाई एवरी बडी। *(दर्शकों से)* क्यों? वैसे देखिये तो मेरा इनसे सम्बन्ध ही क्या है? नेम प्लेट देखी। घर में घुस पड़ा। छककर भोजन किया। एक लड़की को विवाह के लिए तैयार किया। और करना ही क्या था? *(अन्ना से)* अच्छा चलता हूँ अन्ना।

अन्ना : अरे ऐसे क्यों बोल रहा है? फिर तो आयेगा न!

अरुण : *(दर्शकों से)* आने की कोई सम्भावना न होते हुए भी, *(अन्ना से)* हाँ-हाँ अन्ना, आऊँगा क्यों नहीं? फिर आऊँगा। प्रणाम माँ। बण्डोबा *(संघ की पद्धति से)* नमस्ते।

[सरु की ओर विदा लेने की, दृष्टि से देखता है। उसकी मनःस्थिति को समझता है फिर तेज चाल से द्वार की ओर बढ़ता है।]

सरु : *(तीव्र आवेग से एक कदम आगे बढ़ाकर)* रुकिए।

[संकोच से झुक जाती है आवेग को दबा लेती है।]

माँ : *(सरु से)* क्या हो गया है रे तुझे? अरे काम है उसे। तेरी शादी में बुलाऊँगी न उसको...

अरुण : *(दर्शकों से)* मैं आज्ञा में बँधा हुआ-सा ठिठक गया। वह एक प्रचण्ड मोह का आरम्भ था।

[सरु रोती हुई गिर पड़ती है और फिर फूट-फूटकर रोने लगती है। सब लोग स्तम्भित।]

अन्ना : एकदम हो क्या गया इसे?

माँ : अरे यह हुआ क्या एकाएक तुझे आँ?

बण्डा : सरु दीदी। चुप हो जाओ। चार आदमियों के बीच में इस तरह का तमाशा अच्छा नहीं लगता।

सरु : *(आवेग से)* मुझे यह विवाह नहीं करना है अन्ना! मुझे *हरगिज नहीं करनी यह शादी।...*

[सब हतप्रभ]

अन्ना : क्या? *(क्रोध से उद्विग्न होकर)* तो फिर? फिर क्या करना है तुझे ?

माँ : क्या कह रही है यह?

सरु : मुझे नहीं करनी उनसे शादी।

बण्डा : सरे! तुम्हारे भीतर कोई संस्कृति, कोई संस्कार...

माँ : अरे तनिक भी शरम नहीं है तुझे बेवकूफ।

अन्ना : चलो छुट्टी हुई। फिर से उलट गया दिमाग। खुराफात फिर नाचने लगा इसके सिर में।

अरुण : *(दर्शकों से)* मैं कठपुतली के पुतले की तरह...बल्कि कहूँ कि पत्थर के बुत की तरह यहाँ इसी दरवाजे के पास ठिठककर रह गया। जाना था एस० टी० स्टैण्ड की तरफ और वहाँ से सीधे बम्बई। मगर मेरे पैर किसी तरह उठ नहीं रहे थे। इतनी अच्छी तरह सबके बीच से निकलता चला आया। और अब अन्त में यह। यह कैसे मुसीबत गले लग गयी? कैसे हो गया यह? मेरे सारे किये धरे पर पानी।

[सबके चेहरे पर क्रोध। सरु अपनी रुलाई रोकती है और सम्हलकर खड़ी हो जाती है।]

अन्ना : तू किसलिए रुक गया? तू इस चुड़ैल के चक्कर में न पड़। इसके लिए तो मैं ही काफी हूँ। जा तू। एस० टी० पकड़ अपनी। यह कुलच्छनी कलमुँही अपनी भी जिन्दगी बरबाद कर रही है और हमारी भी। सुन सरे! यह शादी तुझे करनी ही पड़ेगी। तेरा बाप भी टाल नहीं सकता इसे यह समझ लें

माँ : हाय-हाय। कितना बढ़िया संजोग खुद चलकर आया तेरे पास सरु। अब यह एकदम होने क्या लगा तुझे?

बण्डा : ओह सरु! तुम्हें तो अपनी बहन कहते हुए मुझे लज्जा का अनुभव हो रहा है।

अरुण : *(दर्शकों से)* मैं यह नहीं समझ पा रहा था कि आखिरकार मैं यहाँ किसलिए खड़ा था।

सरु : *(आँचल से आँसू पोंछकर)* चाहे जो हो अन्ना। यह शादी मैं नहीं करूँगी यह आपको बताये देती हूँ।

अन्ना : छड़ी दो तो मेरी कहाँ है...?

माँ : *(उन्हें संकेत से मना करके)* देख सरु। ऐसा सुन्दर घर अब फिर तुझे मिलने से रहा। ऐसा चाँद जैसा लड़का। रुपया-पैसा सब-कुछ....

सरु : मुझे नहीं चाहिए यह सब। मुझे नहीं...

माँ : अरे मगर एकदम से यह तुझे हो क्या गया रे चुड़ैल?

सरु : मैं सच कह रही हूँ माँ! मुझे मारो, चाहे पीटो, चाहे घर से निकाल दो पर यह शादी मैं हरगिज नहीं करूँगी। बिल्कुल भी नहीं। तुम लोगों के जो मन में आये कर लो।

[अन्दर चली जाती है।]

अरुण : *(दर्शकों से)* परिस्थितियाँ यों सहसा ही उलझ गयीं और मेरी स्थिति बड़ी विचित्र हो उठी। मैं इस समय न घर का ही हो पा रहा था न घाट का ही। एक बार मन में आया कि छोड़ो हटाओ, जो कुछ अपने तईं हो सका इनका भला कर दिया-अब लड़की जाने और उसकी तकदीर। अपने राम कहाँ तक किसी के भाग्य के पीछे-पीछे चक्कर काटेंगे। अरसा हुआ एक बार पिताजी ने भी ठीक इसी तरह की कुछ बात नाराज होकर मेरी माँ से कही थी। तब मुलजिम मैं था। इस वक्त भी मिला-जुलाकर परिस्थिति कुछ उसी ढंग की मेरी सामने थी। यह जरूर था कि इस अजीब मोड़ ने मेरी आँखें खोल दी थीं। लगा कि इस लड़की को मैं जितना दब्बू और डरपोक समझ बैठा था यह वैसी नहीं है। भीतर कहीं-न-कहीं यह खासी मजबूत थी। अब इस तरह के बातावरण में रुक जाना कुछ मुझे बेतुका-सा लग रहा था। मगर जब-जब यहाँ से चलने की बात मन में उठती तब-तब मन की अपराध-भावना आगे आकर मुझे रोक देती।

[सरु के जाते ही अन्य लोग भी क्रोध में भरे-भरे उसके पीछे अन्दर चले जाते हैं।]

: मैं यहाँ रहूँ या न रहूँ इन लोगों के लिए कोई फर्क नहीं पड़ता। मैं चले जाने का मौका तलाश रहा था। मगर मन की दुविधा मुझे बार-बार रोक रही थी। समस्या का कोई हल नहीं निकल रहा था। एकाएक इस लड़की के दिमाग में यह फितूर कहाँ से नाचने लगा? क्या वजह हो सकती है? पता करना चाहिए आखिर इस सबके पीछे राज क्या है?

[अन्दर जाकर कुर्सी पर बैठ जाता है।]

आखिर ...आखिर...मैंने यही निश्चय किया कि इस समय मेरा रुक जाना ही उचित है। जब तक यह रहस्य खुल न जाये, मुझे जाना नहीं चाहिए। ऐसा करने से मेरे सारे किये धरे पर उँगली उठ सकती है। यहाँ के इस समूचे वातावरण में मेरी स्थिति बड़ी अजीब हो उठी थी। हालाँकि देखा जाये तो यहाँ का वातावरण, मैं यहाँ आया तब भी तो ऐसा ही था। उस समय भी तो मैं एक अनचाहा मेहमान ही था। अब भी अनचाहा ही हूँ। फिर भी मैंने निश्चय किया कि अब रुककर यह पता लगाऊँगा कि इस आकस्मिक मोड़ के पीछे राज क्या है। उसके बाद तब बम्बई जाऊँगा। तो कार्यक्रम तय रहा।

[बण्डा क्रोध से तमतमाया हुआ अन्दर से आता है, हाथ में तह की हुई साड़ी ब्लाउज आदि वस्तुएँ। अरुण की ओर अकारण क्रोध से देखता हुआ बाहर चला जाता है।]

: लीजिए साहब। कथा का विलेन फिलहाल कटा।

साड़ी-ब्लाउज ही वापस करने के बहाने सही।

[अन्ना क्रोध में बदहवास-से आकर बैठते हैं। अरुण की ओर आग्नेय दृष्टि।]

: नायिका के पिताजी पधार गये और माताजी? रसोईघर में। *[प्रौढ़ स्त्री के रोने की नकल करता है]*

[इस समय पुनः सारे घर में उदासी का वातावरण।]

: *(छेड़कर अन्ना से बात करने की कोशिश में)* लीजिए मैं नहीं ही गया आखिर। यह वाली एस० टी० भी छूटनी ही थी सो छूट गयी।

[अन्ना दोनों हाथ से सर पकड़े हुए बैठे हैं। चेहरे पर कड़ुवाहट। अरुण बगल में दबे हुए बैग को निकालकर नीचे रखता है और अन्ना की नकल में वैसे ही सिर पकड़कर और चेहरे को कड़वा बनाकर बैठ जाता है।]

: नहीं, आप हँसिए नहीं। यह दिखावा नहीं है। आई वाज रियली सीरियस। जरा सोचिए अगर मैं लड़की का बाप होता तो? अब यह बात अलग है कि मैं किसी लड़की का बाप नहीं हूँ।

अन्ना : *(क्रोध से बेचैन होकर)* कुल-कलंकिनी....चुड़ैल।

अरुण : हाँ और क्या ?

अन्ना : इस घर की कोई इज्जत?

अरुण : *(दर्शकों से)* पहले ही कहाँ थी *(अन्ना से)* हाँ और क्या ?

अन्ना : मुँह काला कर दिया इसने हमारा।

अरुण : च्च....च्च।

अन्ना : पैदा होते ही मर जाती तो छुट्टी मिल जाती।

अरुण : हाँ और क्या *(दर्शकों से)* यह शायद कोई जाति ही होती होगी जो पैदा होते ही मर जाती है और सबको छुटकारा दे देती है। उदाहरण के लिए मैं खुद। बिलकुल ठीक यही बात हमारे पिताजी भी कहा करते थे। सिर्फ लिंग का फर्क था। मरजाता मरजाती!! मगर देखिए कि मैं अभी तक नहीं मरा।

अन्ना : इसने कहीं का न रखा मुझे। अब कैसे मुँह दिखाऊँ उनको।

अरुण : *(सहानुभूति से)* जाने दीजिए अन्ना। अब शान्त हो जाइए।

अन्ना : शान्त? अरे शान्ति तो अब मुझे चिता पर ही मिलेगी।

अरुण : छिः अन्ना! ऐसी बात क्यों क़रते हैं। दुःख तो होता है पर उसके लिए हाय-तोबा करने से क्या फायदा।

अन्ना : मेरा सर। *(उठकर छड़ी उठा लेते हैं और अन्दर की तरफ जाने लगते हैं।)* अब उसे अच्छी तरह समझा ही दूँगा....

अरुण : *(उठकर उनको रोकते हुए)* हैं हैं अन्ना! यह आप क्या करने जा रहे हैं? कहीं छड़ी से इस तरह की बातें हल होती हैं। छड़ी तो गँवारों का हथियार है। हम तो पढ़े-लिखे सभ्य लोग हैं अन्ना...?

अन्ना : चूल्हे में डाल अपनी सभ्यता। वह लड़की इसी लायक है।

[अन्ना का जबरन छड़ी लेकर भीतर जाने का प्रयास]

अरुण : अन्ना! मैं आपको यह नहीं करने दूँगा।

[भीतर में मुँह पर आँचल धरे माँ आकर खड़ी होती हैं।]

माँ : *(रुआँसी-सी)* अरे शान्त हो जाइए।

अन्ना : अरे....इसने...तू छोड़ मुझे।

अरुण : अन्ना! मैं आपको नहीं छोड़ूँगा।

माँ : *(रोकर)* अरे सुनिए तो सही।

अन्ना : मैं कहता हूँ छोड़ दे मुझे।

अरुण : नहीं अन्ना....*(दर्शकों की ओर मुड़कर)* मेरी एक उँगली भी इसी झगड़े की चपेट में आ गयी *(अन्ना से)* अन्ना! आप यहाँ शान्त होकर बैठ जाइए मैं देखता हूँ क्या बात है। *(अन्ना को जबरदस्ती कुर्सी पर बैठा देता है। चोट खायी हुई उँगली को चूसता है और छड़ी उनके हाथ से लेकर कोने में खड़ी कर देता है।]*

अन्ना : अरे वह ऐसे नहीं आयेगी रास्ते पर। मैं खूब जानता हूँ उसे। बचपन से देखता आ रहा हूँ। वह दूसरी ही मिट्टी की बनी है।

अरुण : अन्ना, आप क्यों चिन्ता करते हैं? मैं तो कह रहा हूँ न? मैं जो होगा देख-सुन लूँगा। आप यहाँ आराम से बैठ जाइए। माँ, जरा अन्ना को एक गिलास पानी लाकर दे दो।

माँ : अब क्या होगा भैया....

अरुण : कुछ नहीं माँ, तुम चिन्ता न करो। मैं तो हूँ ही। तुम बेफिकर रहो। बस अन्ना को थोड़ा पानी तुम लाकर दे दो माँ।

[माँ जाती है।]

(उँगली चूसता हुआ दर्शकों से) अब एकाएक मेरा दिमाग खुल गया और मुझे लगा कि मैं तो इस चक्रव्यूह में अब बुरी तरह फँस चुका हूँ। मैंने अनजाने में ही एक बहुत बड़ी जिम्मेदारी अपने सिर ले ली है। सरु को

विवाह के लिए तैयार करने की जिम्मेदारी। व्हाट ए हार्ड नट टु क्रैक।

: स्टेप नम्बर टू। अब इसे जरा गौर से देखिए।

[माँ द्वारा लाया हुआ पानी का ग्लास अन्ना एक साँस में खाली कर देते हैं।]

माँ : क्या करने जा रहा है रे अब तू?

अरुण : मैं? *(दर्शकों से)* कहिए भाईजान। क्या किया जा सकता है इस परिस्थिति में? मेरा दिमाग तो पंगु हो चुका है। *(माँ से)* माँ। मैं मैं न? जरा सरु से बात करके देखता हूँ।

माँ : अरे उससे कोई फायदा नहीं होगा भैया।

अन्ना : वह नालायक बात करने लायक रह ही कहाँ गयी है?

अरुण : हाँ-नहीं-यानी नहीं है तो क्या हुआ? मैं जरा कोशिश करना चाहता हूँ तो इसमें आपको क्या एतराज है? नथिंग लाइक ट्राइंग। ट्राई ट्राई हार्ड एण्ड यू बिल...आगे भी कुछ है मगर याद नहीं आ रहा है। माँ तुम्हें कोई एतराज तो नहीं है न? *(सिर हिलाकर अस्वीकृति जताती है।)* अन्ना आपको? *(अन्ना नाराज मगर चुप)* ठीक है। आप दोनों जरा देर यहीं बैठिए, मैं सरु से बात करके देखता हूँ।

[अन्ना और माँ अलग-अलग पोज में बैठ जाते हैं।]

: *(दर्शकों से)* अब इस समय मेरे पास जो कहीं रिवॉल्विंग स्टेज होता तो क्या होता बताइए? तब यह दृश्य जैसा-का-तैसा घूमकर पीछे चला जाता और आपके सामने भीतर का वह कमरा आ जाता जिसमें सरु बैठी हुई है। मगर हमारी और आपकी लाख इच्छाओं के

बावजूद भी इसका घूम जाना सम्भव नहीं है। ऐसी दशा में इस तरह यह अलग दृश्य।

[बगीचे का परदा खुलकर लटपटाते हुए नीचे आ जाता है।]

: यह अपनी प्राचीन परम्परा। सुविधाजनक और जानी पहचानी वैभवशाली परम्परा। स्थल–उद्यान। पात्र–सरु।

[सरु बहुत उदास–सी आकर बैठती है।]

: *(दर्शकों से)* तो मैं चलूँ। *(सरु के पास जाकर)* सरु दीदी *(वह चुप। मुड़कर देखती भी नहीं।)* मैं यह कह रहा था सरु दीदी...

[वह नहीं देखती।]

: मैं अब जा रहा हूँ।

[वह फौरन मुड़कर देखती है।]

: जाने से पहले सोचा आपसे कुछ बातचीत कर लूँ। विदा वगैरह ले लूँ।

[वह अपलक देखती रहती है।]

: मैं उस तरफ बैठ जाऊँ?

[कुछ सोचकर वह स्वीकृति में सर हिलाती है। अरुण थोड़ा अन्तर रखकर बैठ जाता है।]

: सरु दीदी.....

सरु : दीदी मत कहिए मुझे।

[दर्शकों की तरफ अरुण की अर्थपूर्ण दृष्टि।]

अरुण : अच्छी बात है आप नहीं चाहती तो नहीं कहूँगा।

मगर ऐसे गुस्सा होकर तो न बोलिए मुझसे।

[वह सिर्फ अपलक उसकी ओर देखती रहती है।]

सरु : नहीं, आपके ऊपर से गुस्सा नहीं हूँ।

अरुण : नहीं? अरे वाह!

सरु : मैं आप पर गुस्सा हो ही नहीं सकती।

अरुण : तब तो बहुत ही अच्छा। तो फिर मैं आपसे कुछ प्रश्न पूछ सकता हूँ? आँ? अगर आपको कोई एतराज न हो तो...

सरु : आप मुझसे कुछ भी पूछ सकते हैं।

अरुण : वाह *(प्रेक्षकों से)* फिर भी प्रश्न पूछ लेना आसान नहीं था। *(सप्रयास)* सरु दीदी...नहीं। सरु...*(सतर्क होकर चारों ओर देखता है)* बण्डा तो नहीं है न यहाँ?

[वह यह सुनकर सहसा हँस पड़ती है]

सरु : उससे इतना डरते हैं आप?

अरुण : नहीं, नहीं। उससे नहीं डरता। उससे क्यों डरूँगा भला! मैं तो उसकी मूँछों से डरता हूँ। उसकी जो तलवार कट मूँछें हैं न! उससे। मुझे तो ऐसा लगता है कि नुकीले हथियारों पर रोक लगानेवाला कानून इसकी मूँछ पर भी लगा देना चाहिए।

[वह हँसती है।]

अरुण : क्यों ? आपको ऐसा नहीं लगता? मुझे तो इस तरह की तलवार कट मूँछों से बचपन से ही बड़ा डर लगता है।

सरु : *(शरारत से)* जंजीरा में राशनकर की चाल में जब आप हमारी मंजिल के आखीरवाले कमरे में रहते थे तब से?

अरुण : *(नर्वस होने का अभिनय)* एक ही बात को कितनी-कितनी बार आप दुहराती रहेंगी। आखिर वह गप्प मैंने

क्यों उड़ायी यह भी तो जरा सोचिए।

सरु : क्यों?

अरुण : सिर्फ इसलिए कि इस घर में मैं आ सकूँ। *(दर्शकों से)* गलती की शुरुआत यहीं से हो गयी।

सरु : *(भोलेपन से)* अच्छा... क्या था इस घर में?

अरुण : आप!

[सरु के चेहरे पर अनेक रंग।]

यानी कि उस खिड़की में मैंने आपकी एक झलक देखी। दादी अम्माँ जैसी हुलियावाली भोली-भाली, शरमीली, सिलबिल्ली-सी एक लड़की...

सरु : समझ गयी।

अरुण : और मैंने निश्चय किया कि इस घर के भीतर मुझे आना ही है।

सरु : *(अचरज से)* क्यों ?

अरुण : उसमें बात ऐसी है सरु दीदी...ओह गलती हुई *(मुँह पर दो उँगली मारकर)* सरु। नहीं! हँसिए नहीं, बात यह है कि उस समय मेरा नर्वस होना स्वाभाविक था।...मतलब यह कि क्यों स्वभाविक था यह उस समय मेरी समझ में नहीं आया था। इसीलिए उस समय इतनी बातें मैंने बना दी थीं। बण्डा कहीं आस-पास तो नहीं है न?

सरु : हो भी तो कोई बात नहीं। वह बहुत सीधा है।

अरुण : चलिए तब से ठीक है। आपसे मिलने के लिए अन्ना और माँ ने मुझे इजाजत दे दी। इस बात से आपको ताज्जुब नहीं हुआ?

सरु : *(हँसती हुई)* वह लोग भोले हैं और आप चालाक हैं।

अरुण : तो फिर आप उन्हें इतना दुःख क्यों दे रही हैं?

सरु : *(यह सुनकर वह सहसा संकुचित और उदास हो जाती है।)* अँ? मैं?..

अरुण : कहना नहीं चाहती तो मत कहिए।

सरु : *(कुछ सोचती हुई)* आपसे सब कह देना ठीक होगा। आप ही की वजह से तो मैंने अपने को पहचाना।

अरुण : अरे? सचमुच?

सरु : हाँ सचमुच। आप मुझसे मिले तभी तो मैं जान सकी कि मैं कौन हूँ। क्या हूँ।

[अरुण परेशान]

: मैं आज जो भी हूँ आप ही की वजह से। कल की सरु मर चुकी।

अरुण : सरु दीदी *(मुँह पर हाथ मारकर)* ओह....नहीं... गलती...

सरु : पछताने की जरूरत नहीं है। आखिर आखिर जो मन में होगा वही तो मुँह पर आयेगा? मैं आपको दीदी ऐसी लगती हूँ तभी तो मुझे दीदी कहते हैं आप!

अरुण : नहीं, यह बात नहीं...

सरु : तो सुनिए, आप ही मुझे यह शादी नहीं करने दे रहे हैं।

अरुण : मैंने क्या किया?

सरु : आपने ही तो सब-कुछ किया है। मुझे सोते से जगाया। मैं क्या हूँ यह सोचने-समझने की समझ दी। मेरे भीतर आत्मविश्वास पैदा किया। आप ही की वजह से मैं जान सकी कि मैं भी कुछ हूँ। मुझमें भी आकर्षण है। आपने मुझे जो भी दिया उसी को लेकर मैं उनके सामने जाकर बैठ गयी थी जो मुझे देखने आये थे। मगर वह, वह मुझे कहीं दिखायी नहीं दे रहे थे। आपकी कसम खाकर कहती हूँ। उनकी जगह बैठे हुए मुझे बराबर आप दिखायी दे रहे थे। आप।

अरुण : सरु...सरु दी...सरु...

सरु : आप मुझे, चाहे कुछ भी कहें मैं आपसे झूठ नहीं बोल रही हूँ। मुझे वहाँ आसन पर बैठे हुए आप दिखायी दिये। मैं आपसे शरमायी। चाय-नाश्ता आपको दिया। किसी ने कुछ पूछा मैंने उसका उत्तर दिया मगर बातचीत मैं आपसे हीं कर रही थी। आपसे ही हँस-बोल रही थी। वहाँ से उठ आयी तो भी आप मेरे सामने से हट नहीं रहे थे। मुझे बड़ा अच्छा लग रहा था। एक अजीब से सुख में मैं डूबी हुई थी। सब कुछ कितना सुन्दर कितना अच्छा लग रहा था। अब आप ही बताइए किसने देखा मुझे, किसको मैं दिखायी गयी? किसकी हुई? *(सहसा उदास होकर)* एक किसी अनजाने पराये आदमी के साथ शादी करने के लिए मैं कैसे तैयार हो जाऊँ? जिसे मैंने देखा नहीं। अपने को दिखाया नहीं। जिसे माना नहीं, मान नहीं सकी उसकी पत्नी कैसे बन जाऊँ। मुझे यह पाप लगता है। सचमुच पाप लगता है।

[सिसकने लगती है।]

अरुण : *(दर्शकों से)* स्मरण से ही रोमांचित हो उठा हूँ। आगे सोच ही नहीं पा रहा था कि क्या करूँ? यह एक अजब समस्या आकर खड़ी हो गयी। इस नीयत से मैंने कुछ किया ही नहीं था। मेरे मन में भी इस तरह की कोई चीज कभी नहीं उठी थी। ऐसे मोह-बन्धन मैंने अपने साथ कभी पाले ही नहीं थे। फिर सहसा यह अप्रत्याशित कैसे घट गया। करने क्या चला और....*(सरु से)* सरु! रो नहीं हाँ! कोई देख लेगा। *(वह सप्रयास अपने को संयत करती है। आँचल से आँख-नाक पोंछती है। तभी दरवाजे से माँ झाँकती है।)*

अरुण : *(दर्शकों से)* तभी नजर दरवाजे पर गयी। देखा, माँ थी। रो-रोकर उनकी आँखें लाल हो गयी थीं। मैं सरु से बोला..सरु! सचमुच यानी कि इसमें कोई तथ्य नहीं है। एकदम कोई भी नहीं।

सरु : मैं कब आपसे पूछ रही हूँ?

अरुण : *(दर्शकों से)* बोल्ड। *(सरु से)* नहीं यह नहीं कह रहा। पर तुम जो यह सोच रही हो न! उसका कोई भी सिर-पैर नहीं।

सरु : न हो।

अरुण : इसके अतिरिक्त तुम्हारे विवाह की बातचीत जहाँ हो रही है वह घर-परिवार, लड़का, सब बहुत अच्छा है।...

सरु : आपने देखा नहीं है।

अरुण : मानता हूँ। मगर फिर भी, सुना तो है उसके बारे में। उस आधार पर सोच सकता हूँ। यह विवाह तुम कर लो।

सरु : आपकी सलाह की मुझे गरज नहीं है। मुझे जो बातें आपसे कहनी थीं कह चुकी।

अरुण : मगर सरस्वती! एक काल्पनिक आभास के पीछे तुम इतना सुन्दर अवसर गवाँ दोगी। इस तरह का घर, इतना अच्छा लड़का। लाखों में एकदम...सुन्दर तो है ही नौकरी भी अच्छी है। घर-परिवार अच्छा है।

सरु : आप जाइए यहाँ से। मुझे यह सब नहीं सुनना है।

अरुण : तुम्हें यह विवाह करना ही होगा सरु।

सरु : मैं नहीं करूँगी। अगर करूँगी तो बस एक से ही करूँगी *(उसकी ओर देखती है)* पर मेरी जबर्दस्ती नहीं है। मैं ऐसे भी रह सकती हूँ। उसका मन नहीं होगा तो उसे बाँधूँगी नहीं। उसके लिए पूरी छूट है। *(कृतज्ञता से भर कर)* वह आया। वह मुझसे मिला। इसीलिए तो मैं अपने को पहचान सकी।

अरुण : *(द्रवित पर विवश-सा)* सरु....सरु...।

सरु : आपको बम्बई जाना होगा न? जाइए आप। ठीक से। आराम से जाइए। अपनी देखभाल कीजिए और आनन्द से रहिए।

अरुण : *(दर्शकों से)* आप ही मुझे बताइए आखिर किस मिट्टी से भगवान् इन लड़कियों को बनाता है। बिना मतलब की तकलीफ साली। *(उठकर सरु से)* फिर से कहता हूँ। सुनो मेरी। मेरे मन में ऐसा कुछ भी नहीं है। उस दृष्टि से मैंने तुम्हारे बारे में कभी सोचा ही नहीं। देखो। मेरी ओर देखो और ध्यान से सोचो तो कुछ भी सच नहीं है।

सरु : जाइए। कह रही हूँ न आपसे। चले जाइए। अन्ना बड़े प्रसन्न हो जायेंगे आपके ऊपर।

अरुण : *(दर्शकों से)* देखा? है जवाब? मैं तो हक्का-बक्का था। कितनी अच्छी-से-अच्छी छोड़ता चला आया। और अब यह मुसीबत बिना मतलब...मैं फिर नहीं रुका। चला ही गया वहाँ से *(विंग से चला जाता है।)*

[सरु उठकर दूसरी तरफ के विंग में चली जाती है। उद्यान का पर्दा लिपटकर ऊपर चला जाता है। पीछे ड्राइंगरूम का दृश्य। अरुण दरवाजे से भीतर घुसता हुआ।]

: और मैं ड्राइंगरूम में आ गया।

[अन्ना सिर थामे बैठे हैं। बण्डा खड़ा है। माँ रसोई में]

अन्ना : *(खीजकर)* क्या हुआ फायदा। आखिर तुझे भी भगा दिया न उसने। मैं तो जानता ही था। *(क्रोधित होकर माँ से)* अब कल क्या मुँह दिखाऊँगा उन्हें यह बताओ? मुझे तो जहर दे दो जहर लाकर तुम लोग। खाकर कहीं सो रहूँ। बण्डा जहर लाकर दे मुझे। जा। *(उठकर)* नहीं तो इसी समुद्र में कूदकर जान दे दूँगा।

माँ : *(बेचैन होकर)* अरुण। ये ऐसे क्यों कह रहे हैं भैया?

अरुण : अन्ना! अन्ना, ऐसी बात आप न करिए माँ को दुख होता है।

अन्ना : अरे और मुझे क्या सुख हो रहा है। आग–आग हो रही है। आग सारे शरीर में बण्डा छड़ी उठा मेरी।

[बण्डा आज्ञाकारी पुत्र की तरह छड़ी उठाकर अन्ना के हाथ में पकड़ा देता है। अन्ना तेजी से भीतर चले जाते हैं 'कहाँ है चुड़ैल.....कहते हुए। पीछे-पीछे बण्डा और माँ।]

अरुण : *(एक तरफ आकर)* इस बार अन्ना को रोक नहीं सका, रोकने की इच्छा भी नहीं हुई। सच कहता हूँ जो कुछ हुआ वह मुझे स्पष्ट रूप से अमान्य था। मेरा उससे कोई भी सम्बन्ध नहीं था। हाँ, इतना कसूर जरूर मेरा था कि एक ऐसी लड़की के विवाह के लिए थोड़ा प्रयत्न कर दिया जिसकी कहीं शादी नहीं हो रही थी। उसका यह नतीजा! इसीलिए इस समय जी मैं आया कि जरा पड़ जाना ही ठीक होगा देवीजी पर। खायेंगी तो अपने ही बाप के हाथ का खायेंगी। और यह सोचकर मैं फिर निश्चिन्त हो बैठ गया। वह भी रोई–चीखी नहीं। आवाजें अन्य लोगों की ही आती रही।

[छड़ी के साथ अन्ना का तथा बण्डा और माँ का ड्राइंगरूम में पुनः प्रवेश]

अन्ना : *(निढाल से कुर्सी पर अपने को डालकर)* जंगली कहीं की चुड़ैल!

[रुआँसे चेहरे से माँ उन्हें लाकर पानी देती है। अन्ना सब पी जाते हैं।]

छड़ी टूट गयी होती पर उस पर कोई असर नहीं। देखा बण्डा। सोना-जैसा घर, लड़का सब ठुकराकर एक आवारा छोकरे के साथ शादी करने को कहती है। *(एकदम अरुण की ओर मुँह कर)* ये.....यही अरुण से

शादी करेगी कहती है। कहती है पाप है। जान चली जाये तो भी उस आदमी के गले माला नहीं डालूँगी। वैसे ही रहूँगी जनमभर। *(अरुण से)* क्यों रे। कौन सा टोना कर दिया है उस पर? तुझे घर में रख लिया तो क्या इसीलिए? हमारे ही घर में आग लगाने के लिए?

अरुण : अन्ना! मुझे तो ऐसी कोई कल्पना भी नहीं थी।

अन्ना : कल्पना नहीं थी ?

बड़ा : मुझे तो शुरू से ही शक था।

अरुण : सच कहता हूँ अन्ना मुझे तो इस घटना के सिर-पैर का भी पता नहीं था। मेरे मन में ऐसी कोई बात कभी उठी ही नहीं।

माँ : भगवान् की कसम खाकर बोल।

अरुण : हाँ माँ, भगवान् की कसम। मेरे मन मे जरा भी वैसी बात नहीं । मैं तो खुद ही चक्कर में पड़ गया हूँ। कहाँ का मारा मैं यहाँ आ पहुँचा और क्या हो गया। छिः-छिः मुझे यह सब बहुत बुरा लग रहा है।

माँ : तो फिर लड़की ने यह सब अपने मन में सोचा कैसे?

अरुण : यही तो मेरी समझ में भी नहीं आ रहा है माँ। अभी उससे अन्दर यही बात तो मैं कह रहा था। मैंने साफ कह दिया था कि तुम्हारी यह बात एकदम बेबुनियाद है। तुम्हें उस लड़के से विवाह करना ही चाहिए। उसी में तुम्हारा सुख है। पूछिए आप माँ से ही पूछिए अन्ना.....सुन तो रही थीं ये। माँ ! मैं कह रहा था या नहीं यह ?

माँ : हाँ रे भैया, मैंने सुना है।

अरुण : सुन लीजिए अन्ना! बिना मतलब मेरे बारे में गलत-सलत धारणा न बनाइए। मैं उन लोगों में से नहीं कि जिसमें खाऊँ उसी थाली में छेद करूँ। बल्कि आप जो कहिए आपकी तरफ से वह आपकी सहायता करने को मैं तैयार

हूँ। अब तो आपको मेरी बात पर विश्वास है? मैं तो खुद कहता हूँ अन्ना! कि सरु को उसकी जिद के लिए अच्छी तरह से सबक दे देना चाहिए।

अन्ना : *(जरा शान्त होते हुए)* कल सुबह उन लोगों के सामने क्या मुँह लेकर जाऊँगा? मुझे तो कहीं का नहीं रखा इस लड़की ने।

बण्डा : अन्ना! थोड़ी मार और पड़ जाये तो शायद रास्ते पर आ जायेगी।

माँ : नहीं जी, ऐसे ही लड़की अधमरी हो चुकी है।

बण्डा : माँ, कर्त्तव्य के आगे भावना की बात मत करो। तुम्हारी लड़की है तो क्या! ऐसी गलती करने पर तो अपने बच्चे को भी काटकर फेंक देना चाहिए। हमारी भारतीय संस्कृति में यही लिखा है।

माँ : समझ गयी तेरी संस्कृति-वंस्कृति। जान लेनी है क्या बेचारी लड़की की?

अरुण : मुझको तो ऐसा लगता है क्यों अन्ना? कि अब हम लोग जरा चुप होकर बैठें। पूरी रात बाकी है अभी तो। कुछ-न-कुछ हल इस बीच निकल ही आयेगा। अन्ना! आप खाना वाना खा लीजिए। बण्डोजी, आप अन्दर जाकर अन्ना को खाना खिलाइए। माँ चलिए परोसिए-उसको भी दो कौर खिलाना जरूरी है! *(दर्शकों से)* नाटक का यह सर्वाधिक उबानेवाला अंश। पात्रों का खाना-पीना, चाय-कॉफी या कुछ और। और बेचारे आप-जैसे दर्शक जन? सिर्फ इस प्रतीक्षा में बैठे टुकुर-टुकुर ताकना कि अब कथा का भावी प्लॉट क्या होगा जैसे इस समय।

[अन्य लोग अन्दर चले जाते है। अन्दर की ओर इशारा।]

: इसलिए नाटक का यह अंश हम अन्दर ही पूरा करेंगे। आप सिर्फ यों समझ लीजिए कि रात गुजर गयी। कितने

ही उलझाव क्यों न हों यह एक बात बड़ी अच्छी होती है कि रात अन्ततः बीत जाती है और नींद की खुमारी में तमाम प्रश्न हल हो जाते हैं।

[पक्षियों की चहचहाहट। फिर यह फेड आउट होकर माँ की आरती पूजा मन्त्रोच्चार। अन्ना की पूजा। बैलगाड़ियों के गुजरने की खड़खड़ाहट। खेतिहरों की बातचीत, एक कौवे की काँव-काँव।]

[अरुण एक कुर्सी पर बैठता है। अन्ना, माँ और बण्डा भी आकर बैठते हैं। सुबह के जागे अलसाये से। माँ के हाथ में नमकीन चूड़े की प्लेट है। जिसे वह बीच में रखती है। सब चुप हैं। अरुण और बण्डा थोड़ी-थोड़ी देर में प्लेट में से चूड़ा उठा-उठाकर खाते हैं। माँ फिर भीतर जाती है और चाय की प्यालियों के साथ लौटती है। अन्ना सहित सब लोग चाय पीने लगते हैं। इसी बीच ड्राइंगरूम का कट-आउट आधा विंग में चला जाता है। अन्दर का कमरा नजर आता है जिसमें चुप पड़ी हुई सरु दिखायी देती है। माँ वहाँ भी चुपचाप चाय का एक प्याला रखकर चली आती है। सरू उसे छूती नहीं। माँ पुनः ड्राइंगरूम में आती है। अब अन्ना भी आदतन बीच-बीच में चूड़े की फंकी लगा रहे हैं। चेहरे पर अभी भी

परेशानी और उलझन। बण्डा उठकर बाहर जाता है।]

अरुण : *(बैठे-बैठे ही अपनी कुर्सी घुमाकर चूड़े की फंकी मारता है फिर दर्शकों से)*–सॉरी–फिर खाने-पीने का सीन–मगर इसे दिखाना ही पड़ा। रात गुजर गयी और उस बीच सिर्फ एक ही नयी योजना बनी कि उन लोगों के पास यानी सरु की भावी ससुरालवालों के पास अन्ना नहीं वरन् अन्ना के कर्त्तव्यपरायण पुत्र बण्डा अन्नाजी जायेंगे और भरसक सहूलियत से, नरम स्वरों में हालाँकि यह उनके लिए जरा मुश्किल है। फिर भी वह वर पक्ष से विवाह के न हो सकने की मजबूरी बतायेंगे.....।

उन्हें यह अपमानजनक और अजीब तो लगेगा ही मगर इस नयी योजना से एक लाभ जो हुआ वह यह कि अन्ना के दिमाग का सारा बोझ अन्नाजी के चिरंजीव के ऊपर पड़ गया और अन्ना इस समय कम-से-कम इस लायक हो गये हैं कि आप इन्हें चूड़ा खाते हुए देख रहे हैं। असल में उन लोगों को मुँह दिखाने के डर से रातभर में उनके मुँह का रंग यों ही उड़ चुका है। मगर चूड़ा इतना स्वादिष्ट और मजेदार बना है कि हम बिना खाये रह नहीं पा रहे हैं। वैसे किसी के मन में शान्ति नहीं है। अपनी एकलौती पुत्री की यह दशा देखकर किसके मन में शान्ति होगी। तो सन्देश चला गया। सन्देश देकर मिस्टर बण्डा...सॉरी। बण्डा, अन्ना जी... वापस आ गये। इधर सारे घर में उदासी छायी ही हुई है।

[बण्डा आता है भीतर ड्राइंगरूम में]

अन्ना : *(सशंकित और भयभीत से उठते हुए)* क्या हुआ...?

बण्डा : क्या होना था?

माँ : *(भारी स्वर में)* सन्देश दे दिया।

बण्डा : हाँ।

माँ : क्या बोले?

बण्डा : क्या बोलते?

अन्ना : अरे वही तो हम भी पूछ रहे हैं गधे।

अरुण : *(दर्शकों से)* देखा? दुख के दृश्य में हास्यरस इसी तरह घुसता है।

बण्डा : कुछ नहीं। 'अच्छा' कहा और क्या?

अन्ना : बस इतना ही?

बण्डा : मुझसे जो कुछ कहा था वह मैंने बता दिया।

माँ : कौन था?....वह थे?

बण्डा : हाँ थे।

माँ : वह क्या बोले?

बण्डा : कहा तो कि 'अच्छा' बोले। मुझे नहाने का पानी दो जल्दी। अभी फौरन मुझे वशा ओलतीकर के घर जाना है। शाखा के काम से। *[अन्दर जाता है।]*

माँ : *(दीवार का सहारा लेकर)* हूँ...

अन्ना : *(फिर कुर्सी में अपने को डालकर)*...चलो....

[सरु करवट बदलती है।]

अरुण : *(उठकर दर्शकों से)* यह दुःखान्त नाटक जैसी ही कुछ-कुछ सिच्युएशन आ गयी है। क्यों? अब सिर्फ इसमें एक कोई शोकरसपूर्ण भयानक अन्त की ही कसर रह गयी है–जो छलछलाई हुई आँखों से देखा जाये। मगर भाई जान! अभी तो यहीं कहीं पर इस नाटक का दूसरा अंक समाप्त होनेवाला है। पिछले दृश्य में आपने क्या कुछ समझा यह तो आप ही जानें। मगर एक रात इस घर में गुजारने के बाद मैं यह जरूर समझ गया हूँ कि उस लड़की की इस दशा के पीछे चाहे थोड़ा ही सही पर मेरा

हाथ है। मैंने ही उसे प्रोत्साहित किया। प्यार का मन्त्र दिया और देखिए कि वह मेरे ही प्रेम से पड़ गयी। मान लीजिए कि मैं उससे मिला ही न होता...*(एक क्षण रुक कर)* तो शायद वह इस लड़के द्वारा भी नापसन्द कर दी गयी होती। मगर मेरा यह सोचना मूर्खतापूर्ण है। शिवाजी को गठिया रोग आखिर हो ही गया। पेशवाई चली ही गयी। महात्मा गाँधी की हत्या भी हो ही गयी। होनी नहीं रुकती चाहे ब्रह्मा ही क्यों न बचाने आ खड़े हों। यह होनी भी अन्ततः ऊपर से ही तय होकर आयी थी। मगर ठहरिए! अभी तो तीसरा अंक बाकी है। अब इस तीसरे अंक में क्या घटनेवाला है.. इसका अन्दाज अभी आपको हो ही जायगा...।

[भीतर गया हुआ आधा कट आउट बाहर आने लगता है।]

अरुण : *(मूल प्रसंग में घुसकर अन्ना और माँ से)* अन्ना। माँ! अब मैं यही सुबह वाली एस० टी० से जाना चाहता हूँ।

अन्ना : *(उदास होकर)* चले जाओगे?

अरुण : हाँ, मेरी वजह से आप लोगों को इतनी तकलीफ उठानी पड़ी इसका मुझे बहुत दुःख लग रहा है।

माँ : अरे पगले! तेरी वजह से क्या हुआ? यह सब तो अपने कर्म का भोग होता है भैया! कुछ भी करो तकदीर का लिखा मिटता नहीं।

अन्ना : भोग नहीं, बदनसीबी है यह। इसमें कोई क्या कर सकता है। तूने तो अपने भरसक कोशिश कर ही देखी। मगर इस चुड़ैल की तकदीर में जब सुख है ही नहीं तो तू लिख थोड़े ही सकता है। जैसी प्रभु की इच्छा!...चलो।

[माँ और अन्ना उठकर अन्दर रसोई में चले जाते हैं। अरुण जाने की तैयारी में लग जाता है। बाहर के

दरवाजे पर एक खूबसूरत और भीरु युवक का आगमन।]

युवक : *(कुण्डी हल्के से खटखटाकर)* मिस्टर पराडकर हैं क्या ?

अरुण : *(उसे देखकर)* कौन? बण्डा न? हाँ हैं। बैठिए, बुलाता हूँ। *(पुकारकर)* बण्डोबा...

युवक : *(प्रयास के साथ)* नहीं-नहीं...मुझे उनसे नहीं मिलना था...

बण्डा : *(नहाये वेश में नंगे बदन बाहर आकर)* क्या ? *(एकाएक आगन्तुक युवक को देखकर घबराकर हाथ जोड़ता हुआ) अन्न....अन्ना...अन्ना हैं....(भीतर फुर्ती से चला जाता है।)*

अरुण : *(बैग बन्द करता हुआ)* अच्छा! अन्ना साहब के पास आये हैं आप? मैं समझा बण्डा के पास। उसका मित्र समझ बैठा था आपको। भारतीय संस्कृति-वंस्कृति वाला।

[माँ भीतर से झाँककर एकदम अदृश्य। बण्डा नंगे बदन आकर फुर्ती से खूँटी पर से अन्ना की टोपी उतारता है और तुरन्त भीतर चला जाता।]

अरुण : *(बगल में बैग दबाये हुए चकित होकर यह सब तमाशा देखते हुए युवक से)* जरा मजेदार हैं ये लोग, मगर अच्छे हैं।

युवक : *(प्रशंसा के भाव देखता हुआ।)* आप....?

अरुण : मैं? मैं अरुण सरनाइक। नहीं-नहीं...वह तमाशा पिक्चरवाला नहीं। मैं दूसरा अरुण। वैसे फिल्म का आफर था मेरे पास।...पर होने से क्या होता है। मैंने तो

तय कर लिया कि वह कैरियर चुनना ही नहीं है। बेमतलब लाखों रुपये डूब जाते हैं?

[अन्ना दयनीय मुद्रा में सिर पर टोपी लगाये बाहर के कमरे में आते हैं। युवक के पैरों के पास गिरकर साष्टांग दण्डवत करते हैं। वह संकोच से गड़ जाता है। अरुण खड़ा-खड़ा चकित होकर यह सब देखता रहता है। फिर...जल्दी से आगे बढ़कर दर्शकों से।

तो यह रही तीसरे अंक की सूचना और...

●●●

[द्वितीय अंक का अन्तिम दृश्य ज्यों-का-त्यों। अरुण मूल स्थान पर।]

विश्वास : *(बहुत संकुचित होकर)* अरे यह क्या? आप और मेरे पैर...*(अन्ना को उठाता है।)*

अन्ना : और क्या करूँ?... लड़की का बाप जो ठहरा।

विश्वास : तो क्या हुआ......आपकी उमर....

अन्ना : उमर गयी जहन्नुम में....*(जीभ काटकर)* उमर की क्या कहते हैं आप। मैं तो आपका सौगुना अपराधी हूँ। हजारगुना अपराधी हूँ। अपनी खाल उतारकर आपके पाँवों के जूते बनवा दूँ तो भी आपके अपराध से मुझे मुक्ति नहीं मिल सकती आप उदार होकर मेरे अपराध को क्षमा करें।

विश्वास : *(बहुत परेशान होकर अपने हाथ का अँगूठा चूसता हुआ)* छिः छिः छिः ! आप यह कैसी बातें कर रहे हैं। इसकी कोई भी जरूरत नहीं है।

माँ : *(करुणा) मिश्रित याचना के स्वर में)* हमारी बहुत इच्छा थी मगर क्या करें भैया कुछ इलाज ही नहीं है। हम ही अभागे हैं और क्या...हमारा ही सिक्का खोटा...

विश्वास : ऐसी बात क्यों कर रही हैं आप। सचमुच यह सब कहने की कोई जरूरत नहीं है।

अन्ना : आपका घोर अपमान हमारे हाथ से हो गया...

माँ : आप लोग कितने बड़े और हम कितने छोटे...

विश्वास : *(उन्हें रोकता हुआ)* नहीं-नहीं इस तरह की बातें न कीजिए आप लोग।

माँ : आपका नाराज होना बिलकुल बेजा है।

अन्ना : उसके लिए मैं आपसे हजार बार माफी माँगने को तैयार हूँ।

[फिर दण्डवत् करने के लिए झुकते हैं]

विश्वास : उठिए-उठिए! यह क्या? मैं जरा भी नाराज नहीं हूँ। नाराज होने की बात ही क्या है?

अन्ना : *(आश्चर्य से)* तो क्या आप सचमुच नाराज नहीं हैं?

विश्वास : *(हाथ से ठुड्डी मसलते हुए)* हाँ-हाँ सचमुच! जरा भी नहीं।

माँ : *(अविश्वास से बण्डा की तरफ देखकर)* ऐसा कैसे हो सकता है मगर?

विश्वास : *(माथे पर आयी लटों को पीछे करते हुए)* मैं किसलिए नाराज होता? मुझे जैसे आपकी लड़की को पसन्द-नापसन्द करने का अधिकार था वैसे ही आपकी लड़की को भी मुझे पसन्द-नापसन्द करने का अधिकार था।

[अन्ना, माँ और बण्डा आश्चर्यचकित]

: *(अरुण से)* क्यों? आप क्या सोचते हैं? आई मीन इट्स फेयर।

बण्डा : यानी क्या? आपको क्रोध आया ही नहीं?

विश्वास : नहीं भाई नही। मुझे तो सिर्फ बुरा लगा। बस यही सोचता रहा कि आखिर यह इन्कार क्यों? किसलिए?

माँ : नहीं भैया! इन्कार करने लायक तुझमें इत्ता सा भी तो खोट नहीं है।

अन्ना : आपकी तरह का वर पाने के लिए लड़की को सात पुण्य का फल चाहिए।....

विश्वास : मैं भी यही सोचता था। कम-से-कम यह जरूर सोचता था कि अपनी पत्नी से मैं बहुत अच्छा व्यवहार करूँगा। क्योंकि वैसे मैं बहुत सहृदय हूँ। हमारे समाज में स्त्रियों की बहुत उपेक्षा और अपमान होता है।...कहीं-कहीं तो उसे सिर्फ जानवर जितना ही स्टेटस मि[illegible] पका है...मुझे यह सब सोचकर बड़ी यातना होती है।

अन्ना : होती है। होती है। मुझे भी होती है।

अरुण : *(दर्शकों से)* आपको? होती है क्या? होती होगी बीच-बीच में। कम-से-कम उस समय तो होती ही होगी जब इस तरह के डायलॉग कान में पड़ते होंगे।

विश्वास : *(मन-ही-मन मैंने अपने जीवन का, अपने घर का एक सुन्दर चित्र बनाया है। मेरे पास पिता की सम्पत्ति है, हवेली है, नौकर-चाकर हैं।)*

माँ : *(बण्डा से धीरे से)* सुन-सुन जरा। कर दिया न सत्यानाश अभागिन ने। नखरे चढ़ गये थे चुड़ैल को......

विश्वास : कल मैंने जब आपकी बेटी को देखा तो मुझे लगा कि यह तो मेरे मन में बनाये गये चित्र की जीती-जागती प्रतिमा है। बहुत अच्छी लगी थी वह मुझे। मैंने न कभी सुन्दरता की इच्छा की न ऊँची शिक्षा की। सिर्फ मन की सुन्दरता मैं चाहता था, जो आपकी बेटी को देखकर मुझे पूरी होती-सी लगी थी। *(आगे कुछ और कहने के लिए सोचने लगता है। अँगूठा चूसता है)* यह सोचकर कि मेरे सोचे हुए सारे रंगीन सपने सच्चे हो उठे हैं। कल से मैं बड़ा खुश था।

अन्ना : *(निःश्वास लेकर)* हूँ...बैठिए आप। कुछ चाय-कॉफी स्वीकार कीजिए इस गरीब के घर की।

विश्वास : नहीं

माँ : नहीं-नहीं, ऐसे सूखे मुँह जाने नहीं दूँगी। बण्डा! जा भैया! जरा चौराहेवाली दुकान से बिस्कुट ले आ झटपट...

[माँ तुरन्त रसोई की तरफ लपकती हैं। बण्डा तेजी से भीतर जाता है और थैला लेकर आता है। फिर उसी तेजी से बाहर चला जाता है।]

विश्वास : *(अपना हाथ मलता हुआ सकुचाया-सा)* एक इच्छा लेकर मैं यहाँ आया था—चाहे यों समझ लीजिए कि वह इच्छा ही मुझे खींचकर यहाँ ले आयी है।

अन्ना : *(घबराये से)* अच्छा-अच्छा...बहुत अच्छा।

अरुण : *(कुछ क्षण अन्ना के बोलने की प्रतीक्षा में रुककर)* कौन..कौन-सी इच्छा थी आपकी? कहिए न?

विश्वास : *(कृतज्ञ होकर)* थैंक्स...*(अँगूठा चबाता है)* मुझे.... लड़की से...जरा मिलना था...इनकी लड़की से अगर सम्भव हो सके तो। ऑफकोर्स इफ यू थिंक इट्स ऑल राइट...मेरी जिद्द नहीं...

अन्ना : लड़की से.....? *(थूक निगलते हैं।)*

विश्वास : मैं उनसे सिर्फ इतना ही पूछना चाहता था कि मैं उसे क्यों पसन्द नहीं आया? मुझे......मुझे लगता है कि मुझे यह जान लेना चाहिए—ठीक उसी तरह जैसे अगर कोई लड़का, किसी लड़की को पसन्द न करे तो उसका कारण उस लड़की को भी जान लेना चाहिए।

अन्ना : हाँ...हाँ....हाँ... *(थूक निगलते हैं)* ठीक ही कहते हो। ठीक ही कहते हो..

अरुण : *(दर्शकों से)* अन्ना की गाड़ी कहाँ अटक रही थी यह आप समझ गये होंगे। उन्हें विश्वास नहीं था *(विश्वास की ओर इशारा करके)* ये नहीं। मैं सेल्फ कॉन्फिडेन्स की बात कर रहा था...यानी यही कि लड़की उनका कहना मानेगी भी या नहीं। बच्ची को पीटने के बाद जो एक इन्फीरियारिटी कॉम्प्लेक्स माँ-बाप के मन में पैदा हो जाता है, वहीं हो गया होगा। जब वह 'ठीक ही कहते हो' पर अटक गये तब एक बार फिर विवश होकर कथा की नब्ज मुझे अपने हाथों में लेनी पड़ी। किसी-न-किसी को तो यह काम करना ही था? क्योंकि इस भले और शरीफ युवक की माँग भी तो उचित ही थी। फिर हो सकता है कि इस मुलाकात से उस हठी और पगली लड़की के निश्चय में कोई फर्क भी... रुकिए मैं अभी आया...

[बगल के कमरे में घुसता है। ड्राइंगरूम का आधा कट आउट जो कमरे के सामने था सरककर भीतर चला जाता है। कमरे में पलंग पर पड़ी हुई सरु दिखायी देती है।]

अरुण : सरस्वती...

[वह जरा-सा हिलती है।]

: सरु

[वह करवट बदलकर उसकी ओर घूमती है।]

: *(दर्शकों से)* लड़की की दयनीय दशा देखकर भीतर कलेजे में कचोट-सी उठी। कबूल करता हूँ अब...साला इस सब की जड़ में मैं ही था और यह विचार कुछ ज्यादा सुखदायी नहीं था।...*(सरु से)* बण्टी...*(दर्शकों*

से) इस नाजुक परिस्थिति में मैं समझता हूँ यह सम्बोधन सबसे अच्छा होगा....*(उससे)* मैं तुम्हारे पास एक बात कहने आया हूँ। मानोगी?

सरु : *(बेबस-सी)* आप जो कहेंगे सब मानूँगी।

अरुण : तो फिर उठ जाओ झटपट। तैयार हो जाओ। चेहरे पर एक मोहक-सी मुस्कान ले आओ।

सरु : *(उठाया हुआ सिर फिर रखकर)* अब यह सब किस लिए?...

अरुण : क्योंकि तुमसे मिलने एक व्यक्ति आया है।

सरु : मुझे किसी से नहीं मिलना है।

अरुण : अगर मेरी यह इच्छा हो कि तुम उससे मिलो तो?

सरु : *(उठकर बैठती हुई)* कहिए-किससे मिलना है?

अरुण : *(दर्शकों से)* मेरी आज्ञा से जो इतना बँध उठा है उसके लिए मैं कुछ भी नहीं कर पा रहा था...*(सरु से)* बाहर आया हुआ है वह। तुमसे मिलने ही आया है। तुम जरा सज-सँवर जाओ। जरा मुस्कुराओ क्योंकि उसे तुम बेहद पसन्द आयी हो। मैं उसे यहाँ भेजता हूँ।

सरु : समझी, मुझे नहीं मिलना है उनसे।

अरुण : उसकी बहुत इच्छा हो तो?

सरु : मगर फायदा क्या ?

अरुण : उसे अच्छा लगेगा अगर तुम उससे मिलोगी तो।

सरु : बस मिलने से ही?

अरुण : हाँ, इसीलिए आया है वह। और मेरी इच्छा है कि तुम उससे जरूर मिलो।

सरु : *(कुछ सोचकर)* आपकी इच्छा है तो फिर जाती हूँ उसके पास। रुकिए, सज-वज भी जाती हूँ।

[रसोईघर में जाती है, अरुण निकलकर बाहर के कमरे में आता है।]

अरुण : *(नर्वसली बैठे हुए विश्वास से)* अन्दर चलिए।

विश्वास : मुझसे भेंट करेगी वह?

अरुण : हाँ हाँ।

[अन्ना यह सुनकर सन्तुष्ट होते हैं।]

: *(अरुण दर्शकों की तरफ आँख मारकर)* यहाँ फिर चाय बिस्किट की सिच्युएशन आ गयी। मगर काटी जा सकती है। माँ चाय बिस्कुट ले आयी और सबने खा-पी लिया यह आप अपने मन में समझ लीजिए छुट्टी। *(विश्वास से)* चलिए चलिए। चलिए न अन्दर। *विश्वास को साथ लेकर सरु के कमरे में जाने लगता है। अन्ना पीछे-पीछे)* अन्ना! आइए हमलोग बाहर के कमरे में जरा देर बैठें।

[अन्ना विवश होकर उसके साथ आकर बाहर के कमरे में बैठ जाते हैं।]

: *(अरुण घड़ी देखकर)* उधर एस० टी० स्टैण्ड पर बम्बई जानेवाली एस०टी० ठीक वक्त पर एक के बाद एक छूट रही थीं।.... *(माँ को बाहर आया देखकर)* बैठिए न माँ! मेहमान उस कमरे में हैं। सरु से बातचीत कर रहे हैं। क्या पता अब झटपट कुण्डली जम ही जाय। सीधी तरह से जो बात नहीं बनती अक्सर ऐसे बन जाती है, चुटकियों में। हाँ। सचमुच ! *(बण्डा को आया देखकर)* आइए बण्डाजी! हो आइए अगर आपको कहीं जाना-वाना हो तो....

बण्डा : *(विवशता से आज्ञा मानकर)* ठीक है मैं सम्भा गोखले के यहाँ हो आता हूँ। वह दो दिन से शाखा पर आया नहीं। *(प्रस्थान)*

[बगलवाले कमरे में विश्वास नर्वसली खड़ा है। सरु का आगमन। साड़ी बदली हुई। सजी-सँवरी हुई।]

विश्वास : (हाथ जोड़कर) नमस्ते *(अनिश्चित-सी मनःस्थिति में सरु भी कुछ उसी तरह का भाव प्रदर्शित करती है।)* आपको कष्ट दे रहा हूँ।

सरु : आँ?....नहीं...

विश्वास : मुझे पहचाना तो होगा आपने?

सरु : हाँ...

विश्वास : आपसे अगर कुछ पूछूँ तो आपको तकलीफ तो नहीं होगी?

अरुण : *(ड्राइंगरूम में बैठा-बैठा ही दर्शकों की तरफ आँख मारकर)* कहिए भाई साहब! इस तरह के डायलॉग सुने हैं कभी? नहीं! सुन ही नहीं सकते। यह तो बंगाली प्रेम की शैली में आता है।

सरु : लेकिन आप मुझे 'आप' कहकर क्यों बात कर रहे हैं। 'तुम' कहिए।

विश्वास : थैंक्स। मगर एकदम से यह मेरे लिए जरा मुश्किल होगा।

अरुण : *(दर्शकों से)* ओह यह बात? तो फिर कहिए। 'आप' ही कहिए।

विश्वास : अगर आपको एतराज न हो तो मैं शुरू-शुरू में 'आप' ही कहना चाहूँगा।

अरुण : अरे कहिए भाई! शौक से कहिए। उसे क्यों एतराज होगा। इतनी जरा-जरा-सी बातों पर उसे एतराज नहीं होता।

विश्वास : बैठिए न।

सरु : *'आप'* बैठिए। घर मेरा ही है।

[वह सिमटकर एक किनारे बैठ जाता है।]

: पूछिए अब। जो मन में आये पूछिए। कम से कम झूठ मैं कुछ नहीं कहूँगी।

विश्वास : थैंक्स *(अँगूठा चबाते हुए)* कल मैंने आपको देखा।

सरु : पता है मुझे *(कुछ क्षण रुककर)* फिर आपने कहलाया कि आप इस शादी के लिए तैयार नहीं हैं।

विश्वास : मैं हृदय से आपको...आई मीन..बहुत ही...आई काण्ट एक्सप्रेस इट। मगर आप मेरे हृदय के भीतर कहीं बहुत गहराई में बैठ गयी हैं। काण्ट टेल हाऊ मच! मैंने और लड़कियाँ देखी हैं मगर जो-जो बातें मैं इतने दिनों से खोज रहा था वह सब आपके भीतर मैं पा गया हूँ। *(अँगूठा जोर से चबाता हुआ)* आपको देखकर मुझे लगा कि आप ही मेरी आदर्श पत्नी बन सकेंगी।

[वह गुमसुम नज़र झुकाये खड़ी हुई है।]

: मैंने जो कुछ कहा उससे आपको तकलीफ हुई?

सरु : नहीं...

विश्वास : बहुत दिनों से मैं अपने घर-परिवार तथा अपनी होनेवाली पत्नी को लेकर जाने कितने सपने बुनता आया हूँ।

अरुण : *(दर्शकों से)* पुअर चैप। अपने राम ने तो कभी इन बातों पर गौर ही नहीं किया था।

विश्वास : उस सपने को मैंने साकार पाया जब कल आपको देखा। स्वीकृति भेजते समय मैं बहुत खुश था। आज सुबह तक मैं बहुत खुश था।

सरु : हूँ....

विश्वास : आज सुबह आपकी अस्वीकृति पहुँची *(आगे बोला नहीं जाता इसलिए चुपचाप अपने गाल और ठुड्डी मसलता रहता है। अंगूठा चबाता रहता है।]*

सरू : मुझे क्षमा कीजिये...मैं विवश थी।

विश्वास : नो, नो, नो। क्षमा का प्रश्न ही नहीं उठता। इनकार करने का आपको अधिकार था। सिर्फ मैं यह समझ नहीं पाया कि आपने मुझे क्यों नापसन्द किया? मुझमें क्या कमी है?

सरु : नहीं...वैसे....तो कुछ भी नहीं।

विश्वास : बस इतनी ही बात जानने के लिए आपको तकलीफ दी। मैं अपने-आपको अपमानित महसूस नहीं करूँगा अगर आप मुझे यह बतायें कि उस अस्वीकार के पीछे कारण क्या था। मैं ध्यान से उसे सुनूँगा। उस पर विचार करूँगा और अगर मौका मिलेगा तो उसे सुधारने की...कोशिश भी.... करूँगा...

सरु : सचमुच ऐसी कोई बात नहीं है...

विश्वास : आप निःसंकोच होकर कह डालिए। मैं सब सुनूँगा।

सरु : *(कुछ देर दुविधा में, क्या कहे कुछ समझ नहीं पाती। बहुत-कुछ आँखों से निबटाती है)* मुझे...मैं...कैसे कहूँ यही नहीं समझ पा रही हूँ....*(सहसा कुछ निश्चय कर भावावेश से)* सच कहूँ आपमें मुझे कोई भी दोष नहीं दिखा...मुझे...मुझे...असल में आप...कल....ठीक तरह से दिखायी ही नहीं दिये।

विश्वास : यानी?

[सहसा ड्राइंगरूम का आधा कट आउट आकर इस दृश्य को छुपा देता है।]

अरुण : *(दर्शकों से)* यानी क्या? यह तो आप जानते ही हैं। बिना मतलब उसकी पुनरावृत्ति क्यों? है न ? वह सारी बातें मिस्टर विश्वास को मालूम हो गयी ऐसा मानकर हम आगे चलें। क्यों....?

[कट आउट फिर भीतर चला जाता है। वही दृश्य । विश्वास और सरु की बदली हुई पोजीशन। विश्वास बहुत अधिक गम्भीर है। सरु के चेहरे पर व्यथा की झलक।]

विश्वास : देखिए आपसे भेंट न हुई होती तो यह सारी बातें मैं कभी भी जान न पाता। कितना विचित्र है यह सब। कितना अजीब, अद्‌भुत।

सरु : सुनकर आपको तकलीफ हुई होगी। मगर जो सच बात थी उसे कहे बिना मुझे चैन न पड़ता।

विश्वास : समझता हूँ मैं *(उठता है)* जो हुआ उस पर किसी का कोई भी बस नहीं। आई फील वेरी सॉरी फार आल दैट हैज हैपेण्ड। मगर मुझे क्या आप एक बात बतायेंगी?

सरु : पूछिए।

विश्वास : आप जिनका उल्लेख बिना नाम लिए हुए भी इतने आदर और स्नेह से बार-बार कर रही थीं। वह आपके मन में बसा हुआ भाग्यवान आदमी कौन है क्या मैं जान सकता हूँ?

सरु : जानने से फायदा क्या ?

विश्वास : मैं अपनी भरसक कोशिश करके देखूँगा कि वह आपसे शादी कर ले।

सरु : नहीं उन पर जबर्दस्ती करने की जरूरत नहीं है...वह स्वतन्त्र रहना चाहते हैं। रहें । मैं उन्हें बन्धन में नहीं बाँधना चाहती। मेरी जिन्दगी इतनी महँगी नहीं है...उनके ही कारण तो यह मुझे मिली है। इसे मैं उन पर ही निछावर कर दूँगी....

विश्वास : नो नो नो, ऐसा नहीं हो सकता। मेरे लिए आपका जीवन बहुत अमूल्य है। आपको बहुत सुखी होना चाहिए। मैं

लाचार हूँ फिर भी आपको सुखी करने के लिए कोशिश तो कर ही सकता हूँ...आप मुझे बताइए तो कि वह भाग्यवान् पुरुष आखिर है कौन?

सरु : मुझसे मत पूछिए यह...मै जानती हूँ उन्हें मेरी जरूरत नहीं है। मेरे लिए इस तरह से उन्होंने कभी सोचा ही नहीं। उनके मन में ऐसी कोई भावना मेरे लिए है ही नहीं। मैं आपसे विवाह कर लूँ यह बात वह खुद मुझसे कई बार कह चुके हैं। मैंने उनकी यह बात मानी नहीं इसलिए कल से वह मेरे ऊपर नाराज हैं...वह मेरे ऊपर नाराज़ है...*(सिसकते हुए)* मेरे देवता मुझसे रुठे गये हैं। मैं उनकी हर बात मानने को तैयार हूँ मगर यह मैं नहीं मान सकूँगी। सचमुच नहीं मान सकूँगी... मुझसे नहीं हो पायगा यह। आपसे विवाह करने का विचार भी मुझसे पाप लगता है...पाप लगता है मुझे यह...मैं अपने को किसी तरह भी समझा नहीं पाती। कैसे करूँ मैं यह विवाह...मैं नहीं कर पाऊँगी..बिल्कुल नहीं कर पाऊँगी *[रोने लगती है।]*

विश्वास : *(उसकी बातों से बहुत व्याकुल उसके करीब जाता है)* आई ऐम डीपली..डीपली सॉरी...मैं आपकी क्या सहायता करूँ कुछ समझ नहीं पा रहा हूँ। मुझे आपसे हार्दिक सहानुभूति है। एक ही इच्छा मैं करता हूँ कि आपकी यह अभिलाषा पूरी हो... यह इच्छा सदा मैं हृदय से करता रहूँगा। हर वक्त, हर दिन करता रहूँगा...*(आर्द्र स्वर से)* चलता हूँ मैं....ईश्वर आपको बहुत सुखी करे।

[बाहर आता है रूमाल से जल्दी से आँख पोंछता है। अन्दर सरु दिखायी दे रही है। बाहर अन्ना, माँ, और अरुण।]

अन्ना : *(विश्वास को देखकर अदब से उठते हुए)* आइए..... आइए.....बैठिए न!

माँ : लड़की की बात का ख्याल न कीजिए।

[विश्वास अरुण को एकटक देखे जा रहा है।]

अरुण : इसकी आँखों में बैठा हुआ सन्देह का कीड़ा मुझे दिखायी दे रहा है।

विश्वास : बैठूँगा नहीं मैं... बहुत अच्छी तरह मुझसे बातचीत की उन्होंने.... उससे बहुत फायदा होगा मुझे।

अन्ना : बेवकूफ है बच्ची।

विश्वास : नहीं, बहुत बुद्धिमान् है।

माँ : समझ की कच्ची है अभी...

विश्वास : नहीं, खूब समझदार है।

अन्ना : *(सँभलते हुए)* हाँ...हाँ वैसे होशियार है वह... मगर महाजिद्दी....

विश्वास : समझदार लड़कियों की जिद्द पर भी तो ध्यान देना चाहिए।

अन्ना : *(बात बदलकर)* हाँ, आप ठीक कहते हैं।

विश्वास : *(नजर अरुण पर)* इसका परिचय नहीं कराया आपने...

माँ : यह अरु...

अन्ना : सरनाइक का अरु। मेहमान आया है कल से। आज वापस जा रहा है अभी।

विश्वास : *(खिंचा-सा जाकर उसके सामने खड़ा हो जाता है)* आई सी! *(अरुण को एकटक देखे ही जा रहा है।)*

अरुण : आई कुड सी कि भीतर क्या बातचीत हुई होगी *(तुरन्त एयर बैग उठाकर सबसे)* सो लांग जैंटिल मेन। मुझे अब फौरन ही चल देना चाहिए...होप वी मीट अगेन...

विश्वास : जरा रुकिए।

अरुण : *(दर्शकों से)* हुई मुसीबत। कभी-कभी समय ही ऐसा आ जाता है।

विश्वास : *(माँ और अन्ना से)* मेरी मानिये आप लोग। इनको यहाँ से जाने न दीजिए और पहली ही लगन में अपनी बेटी का विवाह इनके साथ कर दीजिये। मैं भी आऊँगा शामिल होने के लिए।

[अन्ना, माँ, बण्डा स्तम्भित]

अन्ना : कैसी बात कर रहे हैं आप?

विश्वास : ठीक कह रहा हूँ। आपकी बेटी का दिल यहाँ लगा हुआ है और दिल की व्यथा बहुत बुरी होती है... असहनीय होती है..मैं समझ सकता हूँ ....आपकी बेटी को इनके पास ही सुख मिल सकता है। आप अगर अपनी बेटी को सुखी करना चाहते हैं तो इन्हें रोक लीजिए..जाने न दीजिये। जैसे चाहे भी हो उनको सुखी होना ही चाहिए।

अरुण : *(दर्शकों से)* कबूल करता हूँ मेरा सूत्र इस समय मेरे हाथ से छूट गया था..यह इस समय जो कुछ आप देख रहे हैं सौ फीसदी बँगला कलाबाजी है। अपनी भावी वधू का विवाह जो वधू के प्रेमी से करवा दे इस तरह का कोई आदमी आपने यहाँ देखा है कभी? भगवान् की कसम खाकर कह सकता हूँ कि मैं पहले इस बात पर विश्वास भी नहीं कर सकता था कि इस तरह का भी कोई व्यक्ति संसार में हो सकता है। मगर ऐसा आदमी था और मेरे सामने ही खड़ा हुआ था। मुझे यहाँ से तुरन्त जाना था मगर मेरे पैर उठ ही नहीं रहे थे।

विश्वास : अन्ना! माँ! आप लोग मुझे अपना लड़का समझकर मेरी इतनी बात मान लीजिए कि उन पर अब आगे कोई जोर-

जबर्दस्ती, कोई सख्ती नहीं करेंगे। आपकी ज्यादती के नीचे उनकी सारी सुकुमार भावनाएँ कुचल जायगी। मगर उन्हें सुख नहीं मिलेगा। आप उनकी भावनाओं पर ध्यान दें वही ठीक होगा *(अरुण से)* आप दोनों के सुख के लिए हर क्षण मैं तत्पर रहूँगा। आप सिर्फ इशारा कर दें। मगर आपसे मेरी इतनी प्रार्थना है कि उन्हें आप दुःखी न होने दें मैं आपकी परिस्थिति को समझ सकता हूँ। सब-कुछ बताया है उन्होंने मुझे फिर भी आपसे मैं कहता हूँ कि आपको जितना पवित्र प्यार पा लेने का सौभाग्य मिल गया है उसकी उपेक्षा करना अपराध होगा। जा रहा हूँ मैं। *(जाता है। सब चुप।)*

[आधा कट आउट बढ़कर अन्दरवाले कमरे का दृश्य ढँक लेता है।]

अन्ना : *(सचेतन होकर)* कैसा भला लड़का है...?

माँ : बिल्कुल देवता। कल ही पहली बार यहाँ आया कैसे प्यार से बात की, चला भी गया....सरु की तकदीर ही खराब है और क्या....

अन्ना : अरे सरु की ही क्यों हमारी भी तो। इतना झमेला हुआ फिर भी नाम को क्रोध नहीं। कहने लगा मुझे अपना लड़का समझिये...

माँ : बड़ा समझदार है। घमण्ड तो छू नहीं गया।

[दोनों प्रफुल्लित]

अरुण : *(दर्शकों से)* मैंने कब आपसे कहा कि मुझे अभी फौरन यहाँ से चला जाना है।

माँ : मैं कहती हूँ क्या खराबी है इसमें?

माँ : किसमें ?

माँ : उसी में, जिसके लिए वह कह गया।

[नजर अरुण पर]

अन्ना : खराबी क्या होती है।

माँ : नहीं सचमुच जरा सोचो तो जी! लड़का बड़ा अच्छा है! कल से तो देख रही हूँ उसे...

अन्ना : *(पत्नी की बात से कुछ खुश नहीं होते)* ठीक है जी मगर...*(माँ को दूसरी तरफ ले जाकर धीमी आवाज में)* क्या जानती हो इसके बारे में? अभी कल ही पहली बार यह यहाँ आया। रह गया... ठीक। अब उसका कहना है कि वह बचपन में हमारे घर आया करता था चलो मान लेता हूँ...मगर न आगे का कुछ पता न पीछे का! एकदम से कैसे निश्चय कर लूँ कुछ।

माँ : पर मेरा कहना है कि तुम उसी से क्यों नहीं सब पूछताछ कर लेते। वैसे मैं तो जानती हूँ चौबीस घण्टे साथ रहकर आदमी का स्वभाव छुप नहीं सकता। लड़का चाल-चलन का अच्छा है। देखो न! सरु ने इसे लेकर कितना-कितना तमाशा किया, कहीं इसने कोई ऐसा-वैसा व्यवहार किया? उलटे हमारी ही मदद करता रहा। मैं कहती हूँ तुमसे। अभी तक जो कुछ हुआ है उसमें इसका रत्ती भर भी दोष नहीं।

अन्ना : फिर भी बिलकुल ही अनजाने हाथ में लड़की दे देना यानी...

माँ : मगर उसने क्या कहा था सुना था न? वही। विश्वास राव ने। आ हा हा। लड़का हो तो ऐसा। कैसा समझदार है। वह तो जो कुछ कह गया उसके लिए मैं दावे के साथ कह सकती हूँ कि गलत हो ही नहीं सकता। कम-से-कम उसकी बात मानकर हमें समझ-बूझकर काम करना चाहिए। अब ज्यादा चक्करबाजी में न पड़ो। अब बहुत

हो चुकी है फजीहत अपनी *(अरुण की तरह इशारा कर)* चटपट लड़के से बात कर लो और पक्की कर डालो। बिना मतलब की जिद्द न करो। अपने मन का तो कर लिया जीभर। मारा भी बिचारी को। कुछ फायदा हुआ ?

अन्ना : *(धर्मसंकट में है। कुछ ठीक ही लग रहा है कुछ बेतुका भी।)*

माँ : *(खास प्यारभरे स्वर में)* अरुण बेटा अब रह गये हो तो रह जाओ न आज के दिन। बाद में चले जाना। जब से आये हो कुछ-न-कुछ झंझट चल ही रही है। कुछ ढंग का बनाकर खिलाया भी नहीं।

अरुण : मगर माँ। मैं बाद में तो फिर आऊँगा न...जरूर आऊँगा...क्यों अन्ना?

अन्ना : *(अभी भी दुविधा में)* रह ही जाओ...ये कह रही तो...आँ? क्यों? नहीं रहोगे?

अरुण : *(दर्शकों से)* परिस्थिति अब लगभग पूरी-की-पूरी मेरे मन में स्पष्ट हो चुकी थी। मतलब यह कि हवा का रुख किस तरफ है। मैं कॉर्नर होने की कोशिश में जुट गया। यानी कि घर के मालिक-मालकिन से नहीं उनके मोह से तो मैं किसी भी पल अलग होकर एस० टी० स्टैण्ड पहुँच सकता था...नाट दैट...कुछ और ही था जो मुझे अपनी तरफ खींच रहा था। मुझे यहाँ से हिलने नहीं दे रहा था। वह बंगाली हीरो कुछ कहकर चला गया और मैं अनजाने ही एक अव्यक्त मोहपाश से बँध गया। वह मोहपाश इस घर का नहीं था घर के भीतर की किसी वस्तु से था। कौन थी वह वस्तु? वही, पगली, जिद्दी, अल्हड़, चतुर, भोली और विचित्र लड़की। उसके ही मोह-बन्धन से मैं किसी तरह निकल नहीं पा रहा था। सच कहता हूँ इससे पहले यह स्थिति मेरे सामने कभी

नहीं आयी थी। भला बताइये मेरा इन बातों से क्या सरोकार! यह बेमतलब की जिम्मेदारी। यह विवाह-बन्धन! जिसे मैंने कभी नहीं माना। मैं तो हमेशा आजाद रहने का पक्षपाती था। फिर यह बेकार का बन्धन क्यों? एकाएक मेरे मन में विचार आया कि अगर मैंने इस मोह-बन्धन को तुरन्त नहीं तोड़ा तो यह जीवनभर के लिए मुझसे लिपट जायेगा। उहुँक! यह असम्भव है। एकदम असम्भव। मैं यह कभी बर्दाश्त कर सकूँगा *(अन्ना से)* जरा इधर सुनियेगा अन्ना ! मुझे आपसे कुछ कहना है।

[अन्ना पास आते हैं]

अरुण : *(दर्शकों से)* अपनी आवाज जान-बूझकर जरा तेज रखी *(सरु के कमरे की तरफ देखता हुआ)* अन्ना साहब....आपको अब मैं अन्ना साहब ही कहूँगा। कृपया आप मुझे माफ करें।

अन्ना : अरे उसमें माफी माँगने की क्या जरूरत है..

माँ : कुछ नहीं जी, तुम इसकी बातों में मत आना। बण्डा उठा तो इसका बैग। जा भीतर रख आ जाकर।

अन्ना : तुम चुप भी रहो जरा देर...

अरुण : *(जैसे अन्ना की बात सुनता ही नहीं)* डोण्ट टेक भी लाइटली नाऊ। अन्ना साहब मुझे ऐसा लगता है कि अभी तक मैंने आपके साथ बहुत धोखा किया है।

अन्ना : धोखा ? उसमें धोखा कैसा?

अरुण : अब मेरा वापस जाने का समय हो रहा है इसलिए आपसे सब-कुछ खोलकर बता देना ठीक होगा। आप-जैसे सीधे और शरीफ आदमी को अब और भुलावे में रखने की मेरी इच्छा नहीं है।

अन्ना : अरे मगर...

अरुण : बात पूरी सुन लीजिए मेरी। देखिए न! बिना किसी पूर्व सूचना के मैं यहाँ आ धमका। आपने उदार होकर मुझे अपने घर में घुसने दिया यह आपकी शराफत थी और क्या कहूँ? मगर आपके घर में घुस पाने के लिए जो भी बातें मैंने कहीं वह सब सरासर झूठ थीं। *(दर्शकों से)* तभी स्मरण आया...

[फेडबैक। नेपथ्य से ध्वनियाँ उभरती हैं]

सरु : *(खिलखिलाकर हँसती है)* जंजीरा में हमारे घर के पास इमली का कोई पेड़ था ही नहीं, और बण्डा की देख-भाल के लिए नौकरानी रहा करती थी। और आप तो जंजीरा में क़भी रहे ही नहीं। मुझे उस समय के बच्चों की खूब अच्छी तरह से याद है। अच्छा जंजीरा में थे तो एक पहचान बताइए! वहाँ स्कूल के पीछे क्या था ?

अरुण : हत्तेरे की! अरे खेल का मैदान और क्या?

सरु : बिल्कुल गलत! वहाँ था सरकारी धर्मार्थ औषधालय और उसके बगलवाले एक घर को छोड़कर फिर क्या था?

अरुण : *(दोनों हाथ उठाकर)* हैण्ड्स अप।

सरु : राशनकर की चाल....*(हँसती है)* आप एकदम गप्पी हैं।

अरुण : *(दर्शकों से)* मन में उमड़ती हुई इस स्मृति को मैंने जबरन दबा दिया *(अन्ना से)* अन्ना साहब! मैंने आपसे यह बात गलत कही थी कि मैं जंजीरा में रहता था। मैं जंजीरा में कभी नहीं रहा। आपके घर भी इससे पहले कभी नहीं आया। आपसे इसके पहले मेरा कोई परिचय नहीं था।

[अन्ना अवाक्]

: उधरवाली खिड़की में आपकी बेटी सरु की बस एक झलक मैंने देखी थी और तभी सोच लिया था कि इस घर में मुझे घुसना ही है।

माँ : अरे इसकी बातों में न पड़ो। वह हँसी कर रहा तुमसे।

अरुण : हँसी नहीं कर रहा हूँ माँ। मैं सच कह रहा हूँ। मुझे सारी बातें कह लेने दीजिए।

माँ : ऐसा तो हो ही नहीं सकता। मुझे क्या भैया बिल्कुल ही ये समझ लिया है। सब समझती हूँ मैं। बण्डा तू इसका बैग ले जाकर भीतर रख दे।

अरुण : नहीं बण्डा वहीं रहने दो। माँ! मुझ जैसे आदमी को तुम्हारे घर बिल्कुल रहना नहीं चाहिए। इस घर में रहने लायक मैं हूँ ही नहीं। मैं बम्बई में क्या करता हूँ, कैसे रहता हूँ, इसकी क्या रत्ती भर भी कल्पना आपको है? कहिए
अन्ना ?

अन्ना : नहीं....

अरुण : आप लोगों में से किसी को भी मेरे कारनामों के बारे में कोई जानकारी है?

माँ : कारनामें?

अरुण : हाँ कारनामें ही। मैं बहुत बुरा आदमी हूँ। इतना बुरा कि मुझे कहते शर्म आती है *(नाटकीयता से सिर थामकर)* आज तक मेरा चरित्र ऐसा रहा है कि किसी के आगे कहा नहीं जा सकता। शायद कभी कोई जान भी नहीं सकेगा। मैं बहुत ही चरित्रहीन हूँ, नीच हूँ, पापी हूँ...

माँ : चल होगा। अब तो पछतावा हो रहा है न। बस ठीक है।

अरुण : *(विलेन की अदा से)* पछतावा? पछतावा किस लिए? इस समाज से या इस संसार में मुझे क्या लेना-देना है? जो मैं इसमें किए गुनाहों का पश्चात्ताप करूँ? दो-चार को लूटा-मारा, कुछेक लोगों की हत्या की तो क्या इसके लिए मैं पश्चात्ताप करने जाऊँगा?

माँ : अरे क्या फिजूल बक-बक किए जा रहा है? चुपकर अब। हो गया बहुत मजाक।

अरुण : मजाक? अभी भी आपको मजाक ही लग रहा है यह सब? *(विलेन की तरह हो हो हो करके हँसता है)* बड़े भोले हैं आप लोग। मैं बीच में न पड़ता तो अभी ही अपनी इज्जत आबरू सब मिटटी में मिलाने का मौका मुझे दे रहे थे आप लोग...... कितना मजा आता जब आपकी बेटी को अपनी इक्कीसवीं बीबी बनाकर मैं ले जाता।

अन्ना : इक्कीसवीं......?

अरुण : शायद बाईसवीं। इधर ठीक-ठीक से गिनती भी नहीं रख पाया। मैं सिर्फ शादियाँ करता हूँ। आगे की जिम्मेदारी महिला आश्रम उठाता है। या अगर कोई समझदार स्त्री हुई तो वह खुद ही नदी-तालाब में कूद जाती है। नहीं ट्रेन के नीचे आकर मेरी समस्या हल कर देती है।

माँ : *(व्याकुल होकर)* बण्डा! मुझे तो अभी भी इसकी बात पर विश्वास नहीं होता रे........

अरुण : मगर बण्डा को होता है। पहली बार देखकर सिर्फ इस अकेले लड़के ने मुझे पहचान लिया था। मैं कितना फरेबी व्यक्ति हूँ। यह बात मुझे इसकी आँखों से ही पता लग गयी थी। बड़ा बुद्धिमान् और होशियार है यह लड़का।

बण्डा : अन्ना ! पुलिस को बुलाऊँ।

अन्ना : *(चिढ़कर)* सिर बुला मेरा।

अरुण : *(बण्डा से)* मिस्टर बण्डोजी! पुलिस की चंगुल में फँसनेवाला जीव मैं नहीं हूँ। हजार बार पुलिस को चकमा देकर ठाठ से आज तक रहता आया हूँ। तुम होशियार जरूर हो मगर यह न भूलो कि मेरी भी बड़े बीहड़ आदमियों से जान-पहचान है। इतने उतावले मत हो।

[बण्डा क्रोध से दाँत पीसता है।]

अरुण : *(दर्शकों से)* भीतर के कमरे में मेरी इस बातचीत की क्या प्रतिक्रिया हो रही थी यह जानने की उस समय भी मेरे मन में उत्सुकता हो रही थी। मगर उसके लिए मौका कहाँ था। *(अन्ना और माँ से)* मेरे पचड़े में ज्यादा घुसने की कोशिश न कीजिए। मेरे कारनामों की सूची सुनकर ही आश्चर्य के आपकी आँखें गज भर बाहर निकल आयेंगी और कान बहरे हो जायेंगे। मैं इस वक्त आपको तबाह न करके वापस जा रहा हूँ इसके लिए भगवान् को लाख-लाख धन्यवाद दीजिए। शिकार फिलहाल मेरे हाथों में पूरी तरह फँस चुका था मगर मैं अब रुकूँगा नहीं। क्योंकि अभी भी आपकी भोली-भाली लड़की को पा लेने की चाह को मैं छोड़ नहीं पा रहा हूँ। नहीं! मगर मुझे अब यह सोचना भी नहीं चाहिए।

[एकाएक कुछ याद आता है। बैग उठाकर खोलता है और अन्दर से खोजकर एक पिस्तौल निकालकर बण्डा से।]

मिस्टर बण्डोजी। मेरा पीछा करने की कोशिश की तो समझ लीजिए; मुफ्त जान से हाथ धो बैठेंगे। पुलिस को

मेरे बारे मे कोई सूचना भी दी तो समझ् लीजिए अपने रास्ते का काँटा निकाल फेंकने में मुझे एक मिनट का भी वक्त नहीं लगेगा। जा रहा हूँ मैं......

[हड़बड़ी में पिस्तौल को बैग में ठूँसकर जल्दी से घर के बाहर आ जाता है। देहरी के बाहर पॉव रखते ही ठिठकता है। दर्शकों की तरफ देखकर।]

: मैं भी सोच रहा था कि यह सब बड़ा मेलोड्रमेटिक होता जा रहा है लेकिन यहाँ से निकल पाने का और कोई रास्ता नहीं था। मगर जैसे ही देहरी से बाहर आया मेरे पाँव एकाएक ठिठक गये। दरवाजे के पीछे छूटता हुआ एक चेहरा और उस चेहरे में छुपी हुई व्यथा मेरे मन को कचोटने लगी। हृदय में टीस-सी उठी। मन बेचैन हो उठा। मैंने सोचा! अरे! मैं यह क्या करने जा रहा हूँ। यह कुछ भविष्य में कभी भी मेरे हाथ नहीं आयेगा–यह किसी की भी जिन्दगी में दो बार नहीं आता। और मैं अभागा उसे ठुकराकर चला जा रहा हूँ? यह असम्भव है। यह कभी नहीं हो सकता। सरु...सरस्वती.... मेरी सरस्वती । मैंने जो कुछ अभी कहा वह सब झूठ था....मैं सिर्फ जिम्मेदारी से बचना चाहता था। तुमसे दूर जाने के लिए किया गया यह एक नाटक था। वह सिर्फ एक बेसिर-पैर की बकवास थी। बेबी....फॉरगेट इट..... फॉरगेट इट! यह पिस्तौल तो सिर्फ एक साधारण खिलौना है। सस्ते में मिल गया तो लेकर बैग मे डाल दिया था। हाँ सच कहता हूँ इस बैग में इस तरह की और भी न जाने कितनी चीजें रहती हैं। इसमें से कब किस चीज की जरूरत पड़ जायेगी और उसके सहारे अपने लिए थोड़ी सी सुविधा मिल जायेगी यह कौन कह सकता है। इस पिस्तौल से न जाने कितने बच्चे खेल

चुके हैं और उनके माता-पिता ने मेरी इस भटकती हुई जिन्दगी में दो घड़ी रहने के लिए पड़ाव और पेट भरने के लिए स्वादिष्ट भोजन दिया है। वैसे बहुत भला आदमी मैं नहीं हूँ मगर खास बुरा भी नहीं और फिर अब तो मेरी जिन्दगी को तुम्हारे पारसमणि का स्पर्श हो गया है। अब मेरी सारी जिन्दगी सोने में बदल जायेगी। यह खाना-बदोश और निरर्थक जिन्दगी ठहराव और सार्थकता पा जायेगी। मैं बदल रहा हूँ, सरु! मैं बदल रहा हूँ।

[आगे बढ़कर डाउन स्टेज पर आता है।]

अब मैं सांसारिक और सद्-गृहस्थ हो गया हूँ। भगवान् की सौगन्ध खाकर कहता हूँ, माँ की, पिता की, और तुम्हारी भी सरस्वती कि अब मुझे घर गृहस्थी, पत्नी यानी कि तुम, बच्चे सब बहुत प्रिय लगने लगे हैं। बच्चे तो मुझे हमेशा ही प्यारे लगते रहे हैं मगर दूसरों के। मगर अब तुम्हारे भी। यानी कि अपने भी।

[प्रसूति-गृह में पहली बार अपना नवजात शिशु देखने का, उसे खिलाने का अभिनय करता है। बच्चा कपड़े गीले कर देता है। उसकी प्रतिक्रिया, नर्वस हँसी आदि। दोनों हाथों में दो बच्चे उठाए हुए हाँफने का अभिनय। जिद्दी बच्चे को एक झूठी चपत लगाने का अभिनय।]

इसके बाद सास का प्यार, ससुरजी से अन्तर्राष्ट्रीय समस्या पर वाद-विवाद। साले साहब के साथ शीतयुद्ध, *(इस सब का अभिनय)* हाँ और पत्नी पर रोब भी, धमकी और डाँट-डपट भी *(साभिनय)* और यह तूफान छँट जाने के बाद फिर गंगा-यमुना की अखण्ड बहती लहरों-सा प्यार भी हो *(इसका अभिनय करते-करते ही*

वह वृद्धावस्था की गलित जर्जर अवस्था क्रमशः ले आता है और फिर उसी अवस्था में) और इसी तरह देखते-देखते जरावस्था का आगमन हो..... और फिर एक दिन खत्म हो जाय यह जिन्दगी... संगीत की सरभीनी महफिल में जैसे भैरवी रागिनी आये वैसे ही आये मेरी जिन्दगी का अन्त।....ऐसा अन्त कि वह अन्त सा लगे ही नहीं *(एक क्षण उसी तन्द्रा में डूबा रहने के बाद सहसा जैसे नींद से चौंकता है। पीछे जाने किस समय बगीचे का परदा या प्लेन पर्दा आ चुका है। उस पर नजर जाती है)* आप क्या देख रहे हैं? वह सिच्युएशन तो लगता है खत्म हो गयी। मैं शायद उस समय की आप बीती सुनाने लग गया था। हाँ! सचमुच! शायद मैं इतनी देर उसी कल्पना में बह गया था। *(स्वर को बदलकर)* मगर मेरा सोचना गलत था। मुझे ऐसा सोचना ही नहीं चाहिए था। गलती का एहसास होते ही फिर एक पल के लिए भी मैं वहाँ नहीं रुका तुरन्त एस०टी० पर सवार होकर बम्बई पहुँच गया। मगर एक कोई अदृश्य पाश मेरे पाँवों से बार-बार लिपटता रहा और मैं सारे रास्ते अनजाने ही अपने पैर झिटकता रहा। जैसे सिर्फ पैर झिटकने से ही बन्धन छूट जाया करते हों। वैसे उस बन्धन को तोड़ने में ज्यादा देर मुझे नहीं लगी। लेकिन मैंने तोड़कर दिखा दिया। इस अरुण को संसार की कोई शक्ति आज तक बाँधकर नहीं रख सकी है। वह जन्म से स्वतन्त्र है और बराबर स्वतन्त्र रहा है। बार्न फ्री, लिव्ड फ्री-यह बात मेरी मजार पर भी मेरा मतलब कि अगर कहीं बने तो......

(ठण्डी साँस भरकर) बारह बरस गुजर गये इस घटना को। आपसे तो ही कह गया। वैसे मैं इस घटना को याद नहीं रखता। देखिए ना! स्मृति को भी बाँधकर नहीं

रखता। आगे चलना और आगे देखना जो पीछे छूट गया उसे भूल जाना यही मेरा सिद्धान्त है। अच्छा! फिर उस लड़की का क्या हुआ होगा बताइए। बता सकेंगे? राइट। इस ढर्रे की कहानियों में जो होता आया है वही हुआ। यानी कि विश्वास नाम के.... उस बँगला हीरोनुमा सज्जन और कोमलहृदया भावुक सरस्वती आपस में विवाह सूत्र में बँध गये। मैंने कैसे जाना? जान गया भई किसी तरह। कहीं कोई चर्चा चल पड़ी और मैंने कान लगा दिये *(जरा बेचैन होता है)* मगर मन सुखी हुआ सुनकर.....हाँ ....हाँ........और क्या.......जिस कहानी का अन्त दुःखद हो वह.....वह पूरी कथा ही सुखद होती है....मन ने कहा चलो तुम बच गये। वैसे बँध जाने का भय ही कब था। फिर भी न जाने क्यों इस खबर के साथ ही मैंने अपने-आपको एकदम स्वच्छंद महसूस किया। *(चेहरे पर बेचैनी का भाव)*.....वह सारी घटना मेरी जिन्दगी में पानी की एक प्रचण्ड लहर की तरह आकर गुजर गयी थी। मेरी उससे.... *(कोट कन्धे से उतारकर भीतर उछालता है। पूर्ववत् बारह बरस प्रौढ़ हो जाता है)*—भेंट कभी नहीं हुई। होने की कोई सम्भावना ही कहाँ थी? कोई तुक भी नहीं था। कभी सोचा करता हूँ कि हो सकता है वह लोग इसी शहर में बस गये हों। इससे अधिक सोचने-विचारने के लिए मेरे पास वक्त ही कहाँ था? जिन्दगी अब कितनी जटिल हो उठी है। एक तो महँगाई, दूसरे होटल के खाने का सहारा। लाण्ड्री के दर आसमान छूते हैं। मामूली तौलिया धुलाइए तो एक रुपया देना पड़ता है। फिर बीमार पड़ा तो अस्पताल का सहारा। घर में है ही कौन। नौकर टिकते नहीं। या यह कह लीजिए कि मैं टिका नहीं पाता—ठीक ही तो है, आखिर यह सब तो पत्नी के काम

हैं–सच कह रहा हूँ। फिर आजकल गर्मी बड़ी भीषण पड़ती है। नींद ही नहीं आती....भला बताइए! अब इसमें विचार करने के लिए समय कहाँ से निकालूँ..... मगर फिर भी कभी-कभी.....सचमुच कभी-कभी ही अगर आयी तो बस एक ही बात मन मे आती है।....

: कि उनका जीवन कैसा होगा? वह सुखी होंगे या कि दुःखी?

: सुखी होंगे कि दुःखी?

(बहुत बेचैन होकर) वह सुखी होंगे? दुःखी होंगे? कैसे होगे? *(दर्शकों की ओर देखकर जैसे होश में आता है)* खाली दिमाग की एक कल्पना। एक मनोरंजन बस। वैसे अपने जीवन में मैंने लड़कियाँ कम नहीं देखीं। हीप्स ऑफ देम। यह तो यों ही याद आ गयी आपके सामने, तो कह गया–वैसे मैं बहुत सुखी हूँ। निश्चित रूप से *(घड़ी देखकर)* अरे वक्त बहुत गुजर गया। बच्चे ऊब गये होंगे क्यों भाभी? *(सामने बैठे एक दस वर्षीय बालक से)* कहो बच्चे! क्या नाम है तुम्हारा?

लड़का : *(कुर्सी से उतरकर)* अरुण।

अरुण : सुनायी नहीं दिया जरा जोर से बोलो।

लड़का : *[हाथ का अँगूठा चूसते हुए सीधे स्टेज पर चढ़कर जोर से]* अरुण विश्वास कीर्त्तने।

अरुण : *(अत्यन्त आश्चर्य और उत्सुकता से)* क्या कहा?

लड़का : सुनायी नहीं दिया? *(और जोर से)* अरुण विश्वास कीर्त्तने।

अरुण : *(बहुत हैरान-सा)* अरुण....विश्वास.....

लड़का : इतने घबरा क्यों गये? मेरी माँ और पापा वह देखो न उधर बैठे हैं *(प्रेक्षागृह की तरफ इशारा करके)*

अरुण : *(बेहद परेशान और घबराया हुआ। इतना नर्वस कि क्या करे कुछ समझ नहीं पाता। खुद को सहज बनाने का प्रयास करता हुआ)* अच्छा... हाँ....हाँ वाह। *(वहाँ से हटना चाहता है पर हट भी नहीं पाता। काँपते हाथों किसी तरह बैग खोलता है। भीतर से एक चॉकलेट निकालकर लड़के के हाथ में देता है।)*–लो, यह लो बच्चे! मेरा नमस्कार बोलना अपने माता-पिता को...

[तेजी से विंग में चला जाता है। लड़का अचरज से मुँह बाये एकटक उसे देखता ही रह जाता है। पर्दा गिरता है।]

●●●